LETRAMENTO RACIAL NA LITERATURA PARA AS INFÂNCIAS

Rogério Andrade Barbosa (org.)
Clarice Campos
Eliane Debus
Heloisa Pires Lima
Júlio Emílio Braz
Kiusam Oliveira
Sonia Rosa

São Paulo, primavera de 2025

semente editorial

Letramento racial na literatura para as infâncias
1ª edição: setembro de 2025

Travessa Dona Paula, casa 13 – caixa postal: 0690
Higienópolis – São Paulo/SP – Cep. 01239-030
comercial@sementeeditorial.com.br
Tel.: (21) 98207.8535

Edição de textos: Ana Clara das Vestes
Revisão: Lucila Silva Telles
Diagramação: Alan Maia
Arte da capa: Camilo Martins
Coordenação, edição e *design*: Larissa Kouzmin-Korovaeff

Bibliotecário responsável: Fabio Osmar de Oliveira Maciel – CRB-7 6284

L649

Letramento racial na literatura para as infâncias / Rogério de Andrade Barbosa (org.) ; Clarice Campos ; Eliane Debus ; Júlio Emílio Braz ; Heloisa Pires Lima ; Kiusam Oliveira ; Sonia Rosa. – 1. ed. – São Paulo : Semente Editorial, 2025.

(Conversa literária ; 2)

192 pp. ; 21 cm.
ISBN 978-65-86610-65-9

1. Letramento – Aspectos sociais. 2. Leitura – Estudo e ensino. 3. Letramento Racial. 4. Brasil – Relações raciais. 5. Literatura Infantojuvenil. 6. Professores – Formação. I. Barbosa, Rogério de Andrade. II. Campos, Clarice. III. Debus, Eliane. IV. Braz, Júlio Emílio. V. Lima, Heloisa Pires. VI. Oliveira, Kiusam. VII. Rosa, Sonia.

Índice para catálogo sistemático:
1. Literatura infantojuvenil: História e crítica 809.89282
2. Antirracismo 305.80981

Enquanto a questão negra não for assumida pela sociedade brasileira como um todo: negros, brancos e nós todos juntos refletirmos, avaliarmos, desenvolvermos uma práxis de conscientização da questão da discriminação racial neste país, vai ser muito difícil no Brasil, chegar ao ponto de efetivamente ser uma democracia racial.

(Lélia Gonzalez)

CONVERSA LITERÁRIA

Eu tenho um sonho.

(Martin Luther King)

Letramento racial na literatura para as infâncias é uma obra idealizada pela professora doutora e escritora **Cintia Barreto** com o objetivo de partilhar estudos, aprendizagens e experiências, oferecendo aportes teóricos contemporâneos para contribuir com a atualização e a qualificação, sobretudo, de profissionais da educação, infantil e básica.

Essa é uma obra que reúne conhecimentos, pesquisas e vivências de profissionais renomados da área da literatura, do letramento racial e da educação antirracista, alguns são também docentes dos cursos de pós-graduação em literatura infantil e juvenil e em relações étnico-raciais: estudos afro-brasileiros e indígenas, coordenados pela professora Cintia. Vale ressaltar que todos, que aqui estão, são grandes escritores de literatura para crianças e jovens. É um livro urgente, necessário, para pensar junto, consultar e compartilhar com os profissionais da educação e da cultura que realizam práticas literárias em espaços escolares e não-escolares.

Com a organização do pesquisador, professor, contador de histórias e escritor **Rogério Andrade Barbosa**, o livro objetiva ofertar saberes necessários à formação de mediadores cada vez mais preparados para realizar o letramento racial por meio da educação literária antirracista para crianças plurais.

Rogério Andrade Barbosa, no capítulo 1, "O negro na literatura infantil e juvenil brasileira: preconceitos e estereótipos", contextualiza a ausência histórica de representatividades positivas de personagens negros nas obras destinadas às crianças pequenas. Além disso, aponta alguns escritores que mudaram o perfil de personagens negros ao longo dos anos até os dias atuais.

Clarice Campos, no capítulo 2, "Letramento racial na educação infantil", mostra a importância de as escolas realizarem o letramento racial para uma educação antirracista nas escolas brasileiras. A autora reforça a necessidade da educação infantil estar atenta ao combate do racismo a fim de que tenhamos uma sociedade mais justa e equânime e que o letramento é um caminho possível para cumprir com esse propósito.

Eliane Debus, no capítulo 3, "A Lei 10.639/2003, a educação das relações étnico-raciais e os impactos na produção literária para as infâncias", apresenta o documento oficial que obriga o estudo da história e da cultura afro-brasileira contextualizando e refletindo sobre o histórico de lutas dos movimentos sociais negros.

Kiusam Oliveira, no capítulo 4, "Representatividade e protagonismo negros: encantamento e cura na literatura negro-brasileira infantil e juvenil", aponta a literatura negra como cura e encantamento. Demonstra sua teoria por meio da sua obra que traz o letramento racial para o cenário literário na educação infantil.

Sonia Rosa, no capítulo 5, "Literatura negro-afetiva e a urgência por enredos encantadoramente enegrecidos", apresenta o conceito criado a partir de estudos acadêmicos e do mergulho proporcionado pela metodologia da chamada "escrita de si". Com isso, reforça a urgência de se levar aos espaços escolares um acervo que contribua para uma educação literária antirracista e amorosa.

Júlio Emílio Braz, no capítulo 6, "O negro como criador e criatura na história das histórias em quadrinhos no Brasil", traça um panorama dos personagens negros nas histórias em quadrinhos até chegar aos dias atuais. O autor fala das características e da importância desse gênero na educação infantil para um letramento literário e racial.

Heloisa Pires Lima, no capítulo 7, "Análise crítica não é censura: editar, mediar e escrever literatura para crianças", mostra a diferença entre analisar, mediar e censurar uma obra. Aponta caminhos para formação de profissionais da educação no exercício das mediações de leituras nas escolas. A autora trata da necessidade de qualificação de professores a fim de que conheçam melhor os processos de elaborações das obras, suas pertinências e suas diversidades, aspectos imprescindíveis para o letramento racial.

Os autores aqui reunidos pretendem partilhar suas vivências como leitores apaixonados pela literatura, como escritores e como teóricos que formam profissionais que estejam dispostos a pensar a educação literária antirracista como forte aliada no processo de aprendizagem e de transformação social. Este livro destina-se, dessa forma, a professores, bibliotecários, agentes de salas de leitura, coordenadores pedagógicos, gestores escolares, pesquisadores, mediadores, curadores, autores e a todos que desejarem pensar um pouco mais sobre a literatura brasileira escrita para crianças na perspectiva de um letramento racial.

*

Com a publicação desta obra, a Semente Editorial – sabedora de que a esperança da colheita encontra-se na semente – intenciona contribuir para a formação de uma rede de apoio e afeto que possa semear e cultivar conhecimento capaz de transformar o mundo.

SUMÁRIO

É importante ter em mente que para pensar soluções para uma realidade, devemos tirá-la da invisibilidade.

(Djamila Ribeiro)

O NEGRO NA LITERATURA INFANTIL E JUVENIL BRASILEIRA

preconceitos e estereótipos

Rogério Andrade Barbosa

Todos os seres humanos pertencem à mesma espécie e têm a mesma origem. Nascem iguais em dignidade e direitos e todos formam parte integrante da humanidade.

(Artigo 1 da Declaração sobre raça e preconceitos raciais – Unesco.)

Os antepassados dos negros afro-brasileiros, trazidos à força, ferro e fogo do continente africano, acorrentados nos porões de navios tumbeiros, contribuíram com seu sangue, suor, engenho e arte para a formação e a construção do Brasil. Escravizados, coisificados, foram sempre motivo de desprezo, escárnio e achincalhe da população branca durante o longo e tenebroso período da escravatura em nosso país.

A estereotipagem em relação ao negro remonta, consequentemente, à implantação da escravidão em nossas terras, pois, desde o período colonial, a imagem do negro ficou marcada a ferro e brasa, como uma cicatriz indelével, com a do trabalho servil.

Os negros são, até hoje, a maioria da grande massa aglomerada em comunidades desprovidas de serviços públicos, bem como na condição de presidiários, desempregados, em situações de rua etc.

Na literatura infantojuvenil brasileira, até meados dos anos 1980, o panorama não era diferente. Personagens afro-brasileiros apareciam, invariavelmente, exercendo atividades profissionais tidas como inferiores, sendo que, na maioria das vezes, eram escravizados, favelados ou empregados domésticos.

A família negra inexistia e, quando aparecia, era pobre ou desmembrada. As mulheres, em grande parte dos livros, não passavam de reproduções anastacianas: gordas, sorridentes, ingênuas e supersticiosas.

Os homens, quando não eram descritos como marginais, sambistas ou jogadores de futebol, encarnavam os típicos pais-joões: negros velhos de cachimbo na boca desdentada dando conselhos ou assustando a garotada.

As crianças afrodescendentes dificilmente conseguiam fugir do estigma de faveladas ou pivetes ou, então, de "companheiras de brincadeiras" de algum menino branco. Em *As aventuras do avião vermelho* (1936), de Érico Veríssimo, Fernandinho, um menino branco e rico, encolhe de tamanho e viaja num aviãozinho pelo mundo afora com um boneco preto de louça, apelidado de Chocolate e descrito da seguinte maneira: "Era um negro de beiçola caída e dente arreganhado, parecido com teclado de piano."

Os exploradores, entre outras peripécias, descem na "África". Lá, encontram o chefe de uma aldeia de "selvagens", descrito como "um negro com cara de macaco". E por aí segue a história plena de preconceitos. Detalhe: o menino leva um cacho de bananas para alimentar o seu boneco preto.

Raros autores, durante esse período, preocupavam-se, como visto, em resgatar o passado histórico de luta e resistência do negro brasileiro e, principalmente, do seu processo de integração na sociedade.

A MULHER NEGRA

Lenço nos cabelos, às voltas com panelas e vassouras, rindo, felizes da vida... Imagens depreciativas sobre a mulher negra repetiam-se à exaustão em uma infinidade de textos e ilustrações voltadas para o público infantil e juvenil.

No livro *Maria e companhia*, de Laís Corrêa de Araujo, a personagem é uma empregada trapalhona, que faz tudo errado e vive sorrindo. A alegria da casa! As ilustrações reforçam o retrato estereotipado da alegre doméstica: pano amarrado na cabeça, avental, rodeada de louças para lavar: "A panela fervia / com tanta euforia / que queimava! / E Maria / Ria e ria" (1983, p.9). Este livro, por incrível que pareça, recebeu o Prêmio Cidade de Belo Horizonte.

Nesta mesma seara, ainda temos *Os quitutes de Luanda*, de Jorge Lescano, obra selecionada para integrar o acervo da prestigiosa Biblioteca Internacional da Juventude, de Munique. Na história, Luanda, uma garota negra descrita ao longo da narrativa como "criolinha", "negrita" e outros *mimos* mais, almeja conhecer a falecida avó, uma cozinheira gorda, com o indefectível avental e lenço na cabeça, que, embora esteja no céu, continua a exercer a função de empregada doméstica:

> Dona Conceição, quando viva, foi quitandeira fina [...]. Pois as negras do Brasil passaram muitos anos nas cozinhas dos brancos ricos [...] e quando não cozinhavam para o patrão, com as sobras da Casa Grande faziam comida na senzala. Foi assim que inventaram essa delícia de nome feijoada. (1983, s.p.).

Ao final da narrativa, a menina, após concretizar o seu desejo, assume docilmente o papel da avó: "Agora, a negrinha faz doces e salgadinhos que viram a cabeça das crianças do bairro [...]. Agora todos sonham com os quitutes de Luanda." (*Idem*, s.p.).

Autores, como Ganymédes José, em *A história do galo Marquês*, batem nessa tecla de docilidade e resignação. Mãe das Dores, gorda e redonda, com um eterno sorriso nos lábios, personifica, mais uma vez, a personagem conformada com a sua sina e que, quando perde o filho, entrega tudo nas mãos de Deus:

> Agora ela estava certa de que o filho tinha ido morar no lugar onde a diferença de cor na pele não existe, porque lá todos eram luz, reflexo do próprio amor do Filho de Deus. (1978, p.62).

As mulheres negras mais velhas apareciam também, geralmente associadas à imagem das contadoras de histórias africanas. Gilberto Freyre, um dos expoentes da controvertida tese da "cordialidade racial", assim se refere a essas narradoras em *Casa grande e senzala*:

> As histórias populares sofreram no Brasil consideráveis modificações nas bocas das negras velhas ou amas de leite. Foram as negras que se tornaram entre nós as grandes contadoras de histórias. (1933, p.330).

José Lins do Rego endossa o coro em *Menino de engenho*, ao descrever, em suas memórias, uma autêntica narradora africana:

> A velha Totonha de quando em vez batia no engenho [...], andava léguas e léguas a pé, de engenho a engenho, como uma edição viva das *Mil e Uma Noites* [...], que talento ela possuía para contar suas histórias [...] tinha uma memória de prodígio. (1932, pp.49-50).

Mas a personagem de raízes africanas que não sai das retinas dos leitores é, sem dúvida alguma, a emblemática Tia Nastácia, criada por Monteiro Lobato. Gorda e ingênua, medrosa, sempre pensando em cozinhar ou comer, contando histórias maravilhosas sobre reis, rainhas, príncipes e princesas encantadas, é, certamente, a estereotipia mais marcante da mulher negra na literatura infantil brasileira.

Opiniões depreciativas não somente sobre a idosa narradora, como também em relação à cultura popular são expressas por alguns dos personagens das *Histórias de Tia Nastácia*. A exemplar Dona Benta, em determinado trecho, interroga:

> O povo... Que é o povo? São essas pobres velhas como Tia Nastácia, sem cultura nenhuma, que nem ler sabem e que outra coisa não fazem senão ouvir histórias de outras criaturas igualmente ignorantes... (1937, p.30).

E a desbocada boneca Emília, no mesmo livro, despeja o seu desprezo pela sabedoria oral: "Parecem-me muito grosseiras e bárbaras – coisas mesmo de negra beiçuda, como a Tia Nastácia." (*Idem*, p.31).

Não é sem razão que os livros infantis de Lobato, por seu teor racista, tenham e têm provocado, ao longo dos anos, calorosos debates entre defensores e detratores de sua vasta obra.

Ziraldo, numa entrevista concedida ao Jornal do Brasil (24/08/92), enfatiza com a costumeira veemência as qualidades da Tia Nastácia: "É um retrato do interior brasileiro, uma figura mítica, que cozinhava, filosofava, fazia perguntas impertinentes e petulantes, uma negra com grande carinho por todos."

Já o professor e historiador Joel Rufino dos Santos, na mesma reportagem, diverge do colega escritor: "É uma faca de dois gumes. Tia Nastácia representa o mito da passividade do negro, mas, ao mesmo tempo, ela é a portadora da cultura popular."

O ranço racista lobatiano é analisado com precisão por Sonia Salomão Khéde em *Personagens da literatura infanto-juvenil*:

> Nastácia representa o lado ingênuo e crédulo do povo [...]. Símbolo da cordialidade do brasileiro, Nastácia preenche o desejo de muitos brasileiros das elites dominantes: ter uma preta de alma branca em casa a cantar canções de ninar. (1986, p.88).

Outra típica contadora de histórias é Vovó Candinha, do livro *Cazuza*, de Viriato Corrêa:

> Ninguém no mundo contava melhor histórias de fadas do que ela. Devia ter seus setenta anos: rija, gorda, preta, bem preta e a cabeça branca como algodão. (1938, p.24).

Seguindo uma tradição africana a partir da qual as narrações são feitas à noite, Vovó Candinha só contava suas histórias após o escurecer: "De dia não conseguíamos que ela nos contasse histórias nenhuma. – Quem conta histórias de dia – dizia, negando-se – cria rabo como macaco." (*Idem*, p.25). Mas, como a Velha Totônia e a Tia Nastácia, ela transmitia contos basicamente europeus:

> [...] donzelas formosas, aprisionadas em palácios de coral, erguidos no fundo do oceano... reis apaixonados que abandonavam o trono para procurar pelo mundo a mulher amada, que as fadas invejosas tinham transformado em coruja ou rã. (p.26).

Publicações com conteúdo semelhante eram comuns. *Contos da Mãe Preta*, de Osvaldo Orico (1932), peca principalmente pelas ilustrações da capa, na qual a contadora, com um cachimbo na mão, é caracterizada de modo grotesco e caricato. Assim como o menino negro, descalço e esfarrapado, ao lado de duas crianças brancas, normalmente trajadas, em torno da humilde senhora.

No entanto, Inaldete Pinheiro de Andrade, autora de *Cinco cantigas para você contar* (1989), tira proveito da literatura oral e, lançando mão de um punhado de canções tradicionais como "Boi da cara preta", resgata e exalta a história do negro brasileiro, dando ênfase não só à sua luta e sofrimento, mas também à sua resistência e esperança em um mundo melhor:

> Hoje eu quero lhes contar, crianças, sobre umas cantigas de brincar ou de ninar que aprendi com meus avós. As cantigas são cantadas há tantos e tantos anos que ninguém sabe quem são seus autores [...]. E você vai aprendê-las para CONTAR para seus netinhos. (1989, p.3).

A partir dos conhecidos versos "Boi boi boi / Boi da cara preta / Pega esse menino / Que tem medo de careta", Inaldete reverte o sentido das populares quadras:

> O boi da cara preta não pega nenhum menino, o boi da cara preta tem uma cara bonita, não é uma careta; o boi da cara preta é irmão do boi da cara branca, o boi da cara malhada; o boi da cara preta tem a cor do rosto da mamãe. [...] O boi da cara preta é bonito e risonho e parecido com você.
>
> Negros eram os braços dos meus avós, [...] negros eram os corpos que resistiram e gritaram liberdade; negro é a gente que luta para viver sem violência no campo ou na cidade. (*Idem*, p.4).

Essa herança, histórica e cultural do povo negro, é tratada posteriormente com a mesma delicadeza e sensibilidade por Sonia Rosa em *Os tesouros de Monifa* (2009).

PAIS-JOÕES *VERSUS* QUIBUNGOS

A figura do pai-joão, resignada e bondosa, opõe-se à do quilombola rebelde. A pretensa resignação, de acordo com Arthur Ramos em *O folclore negro do Brasil* (1935), simboliza a história do nosso inconsciente ancestral:

> Pai-João é um símbolo onde se condensam vários personagens: o *griot* das selvas africanas (sic), guardador e transmissor da tradição [...]. O folclore do Pai João cantou, no Brasil, não apenas as tradições africanas, mas toda a longa e odiosa história da escravidão, de opressão e martírio [...]. (1935, p.94).

Tio Barnabé, outra das muitas criações de Monteiro Lobato, é o típico pai-joão: negro de mais de 80 anos, portando um cachimbo, descalço... Embora estereotipado, é o grande conhecedor dos segredos da mata que envolve o Sítio do Pica-Pau Amarelo. A sua longevidade, conforme o melhor da tradição africana, é a fonte de sua sabedoria. É a ele que Pedrinho recorre quando quer saber, em *O Saci*, se o travesso personagem existe mesmo: "Como não hei de saber tudo, menino, se já tenho mais de 80 anos? Quem muito *veve*, muito sabe." (1921, p.14).

A semelhança com a Mãe África é nítida nesta fala, pois, por uma questão cultural, o saber e o respeito pelos idosos é uma prática comum no continente irmão, já que cabe aos mais velhos, como no provérbio angolano "Diante dos mais velhos, os novos devem ter apenas ouvidos", difundir o que viram, ouviram e aprenderam no transcorrer de sua longa existência.

Já em *Cazuza* (1938), de Viriato Corrêa, o velho Mirigido, um dos personagens da imensa galeria de tipos rurais, é descrito de forma pejorativa não só na ilustração – descalço, desdentado, fumando cachimbo –, como também no nível da linguagem. Comprido, magro, cabeludo, velho e curvado, andava com um saco às costas, metendo medo às crianças. "Diziam que na última sexta-feira do mês virava bicho [...] que gostava de comer perna de criança" (Corrêa, 1938, p.20), associando a figura do Velho Mirigido à do Quibungo, dono de enorme cabeça, com um buraco nas costas, onde atira suas vítimas.

Aqui, novamente, recorremos a Arthur Ramos:

> Entre os povos bantos, a crença no Quibungo, como uma entidade fantasmagórica, meio animal, meio homem, existe tanto nos contos populares, como em certos acontecimentos da vida comum [...]. Metade homem, metade animal, o Quibungo afro-brasileiro pode emparelhar-se à vasta série de lobisomens da crendice universal. (*Op. cit.*, pp.148-9).

David Brookshaw, por sua vez, em *Raça e cor na literatura brasileira*, afirma que histórias semelhantes, que foram introjetadas no nosso subconsciente, remontam aos tempos da escravidão:

> Outras variedades de seres imaginários popularmente retratados como negros incluem o Quibungo, um tipo de devorador de crianças, frequentemente associado à realidade social do ancião escravo que vivia por si mesmo [...]. (1983, p.4).

Nina Ribeiro, em *Os africanos no Brasil*, faz uma descrição detalhada do monstrengo:

> É um bicho meio homem, meio animal, tendo uma cabeça muito grande e também um grande buraco no meio das costas, que se abre quando ele abaixa a cabeça, e fecha quando se levanta. Come os meninos, abaixando a cabeça, abrindo o buraco e jogando dentro as crianças. (1932, p.202).

O temível bicharoco tem sido, inclusive, um personagem constante em nossa atual literatura infantil e juvenil. Diversas e renovadas recriações foram efetuadas por diversos autores, como Marion Villas Boas (*Quibungo*, 2010); Ronaldo Simões Coelho e Cristina Agostinho (*Rapunzel e o Quibungo*, 2012); Maria Clara Cavalcanti (*Quibungo*, 2020).

MENINAS NEGRAS

Se os personagens negros adultos, até meados dos anos oitenta, eram, com raras exceções, representados como escravizados, domésticos ou marginais, o que dizer das meninas negras? Talvez, pelo fato de serem crianças, eram vistas sutilmente com mais *simpatia.*

Beto Mussa, em *Estereótipos do negro na literatura brasileira*, analisa com precisão:

> O evidente racismo presente nos estereótipos fixados na literatura do século XIX foi substituído por um movimento de crescente simpatia em relação ao negro; simpatia essa que, no entanto, não alterou a base dos estereótipos anteriores, uma vez que resultou apenas da conotação destes. (1989, pp.77-8).

Assim, encontramos ao longo de centenas de páginas personagens espertas e desaforadas. Ou, então, cândidas e resignadas, mesmo subindo morros com latas d´água na cabeça. Revoltadas, conformadas, boazinhas, enfim... as meninas negras, como suas mães e avós, carregavam estereótipos que se perpetuavam numa corrente infindável.

Geni Guimarães, no entanto, em *A cor da ternura* (1989), dá a volta por cima e descreve, de forma tocante, a vida de uma menina negra criada numa fazenda no interior de São Paulo.

Já em *Nó na garganta*, de Mirna Pinsky, a protagonista Tania enfrenta uma série de preconceitos no seu lento e difícil processo de afirmação como negra, o que ocorre somente no final da narrativa:

> Olhou para suas mãos. Pretas. Pretas sobre a toalha branca da mesa [...], daí se levantou e foi até o espelho [...] ficou um tempão se olhando [...]. E pensou: puxa como eu sou bonita! (1979).

E o que dizer de *Tudo colorido* (2015)? Neste livro, cujo subtítulo é "Preconceito racial", de Suelen Katerine Andrade Santos, uma menina negra, Tainá, vai ao cabeleireiro. Mas ela se nega a ter as trancinhas cortadas pela dona do salão, uma mulher branca. Detalhe, todas as freguesas têm a pele clara, menos a empregada. A garota, ao voltar para casa, encontra uma amiguinha preta que exibe um belo penteado feito no mesmo lugar, o que a faz mudar de ideia. Retorna, então, pede desculpas à proprietária do estabelecimento e promete nunca mais tratar mal as pessoas por causa de sua cor.

Júlio Emílio Braz, porém, não cai na armadilha e põe, com precisão, a mão na ferida em *Pretinha, eu?* Nesta delicada obra, a jovem protagonista, que não se reconhece como negra, interroga-se no início da história: "Pretinha, eu? Não, eu não. Eu era morena. Era o que papai e mamãe diziam." (2018, p.10).

Pivetes, deserdados sociais, escravizados...

São inúmeros os livros infantojuvenis que apresentam o menino negro como pivete, engraxate, escravizado ou "crias de família". Clóvis Moura, em *Sociologia do negro brasileiro*, de 1988 – ano do centenário da abolição da escravatura –, procura explicar a causa de a maioria desse imenso contingente de deserdados sociais ser formado por negros:

> Por questões de formação histórica, os descendentes de africanos, os negros de um modo geral, em decorrência de sua situação inicial de escravos, ocupam as últimas camadas de nossa sociedade atual. (p.48).

A temática das milhares de crianças, em sua maioria negras, que perambulam sem destino e sem assistência social pelas sarjetas das grandes cidades brasileiras sempre foi motivo de inspiração para vários autores.

Em *O Praça Quinze* (1981), Paula Saldanha descreve a vida de um menino abandonado que vive, dorme e se vira pelas ruas do Rio de Janeiro.

Pequeno pássaro com frio (1988), de Assis Brasil, fala da dura realidade de um menino favelado carioca.

Em *Apenas João* (1984), de Lurdes Gonçalves, João, um menino em situação de rua, luta contra as injustiças da vida que quase o tornam um marginal.

Tô pedindo trabalho (1984), de Teresinha Alvarenga, mostra as desventuras de Tuca em busca de um emprego para ajudar a mãe favelada.

Engraxates são o Carniça, o garoto desdentado de *Tonico e Carniça* (1983), de José Rezende Filho e Assis Brasil, o Bilo, de *Pai-de-todos* (1978), de Ganymédes José, e o Lando, de *Lando das ruas* (1977), de Carlos de Marigny.

Em *João que semeava flor e cantava o amor*, de Marcia Villela Moura, o protagonista, criança de morro, discriminada por ser pobre e negra, consegue uma façanha inimaginável trabalhando como engraxate:

> Com o dinheiro que ganhou, comprou um fogão novinho para sua mãe, um relógio para o pai, brinquedos para os irmãos, um rádio para ele e ainda conseguiu guardar um dinheirinho na poupança. (1988, p.15).

Aparecem também como lavadores de carros, como em *Neco, o sonhador* (1987), de Maria Armanda Capelão, e como meninos em situação de rua, fugitivos do lar, como em *Pivete* (1977), de Henry Corrêa de Araújo.

Já em *O círculo* (1985), de Maria Lysia Corrêa de Araújo, o protagonista, criado por uma família branca, descobre sua cor aos 12 anos! O menino negro que não tem nome, o que era frequente em várias obras, idealiza a irmã branca e não consegue fugir do círculo racista que o oprime.

Assim como em *Joaquim, Zuluquim Zulu*, de Ercília Pollice, no qual se destaca a "meiguice" do garoto negro perante o racismo que sofre mas não compreende e, por isso, contra o qual não pode lutar. Na narrativa, ficam evidentes, ainda, elogios ao bondoso patrão branco: "O coronel era um Deus para Zulu; alto, forte, bonitão, muito educado, nunca fazia pouco de ninguém [...]. Como cheirava bem o coronel." (1983, p.5).

Este inesgotável filão, porém, é abordado de forma real por autores contemporâneos como Júlio Emílio Braz, em *Crianças na escuridão* (1991), Georgina Martins, em *Uma maré de desejos* (2005), e Otávio Júnior, em *O garoto da camisa vermelha* (2013).

Mesmo assim, em pleno século XXI, o racismo e o preconceito persistem em o *Abecê da liberdade: A história de Luiz Gama, o menino que quebrou correntes com palavras* (2020), de José Roberto Torero e Marcus Aurelius Pimenta. Os autores, além de distorcerem fatos históricos, descrevem o abolicionista Luiz Gama, quando menino, ao lado de outras crianças escravizadas, brincando de pular corda com as correntes do porão de um navio negreiro:

> Nem parecia que íamos ser comprados por pessoas brancas e trabalhar de graça para elas até a morte. Mas podia ser a nossa última chance de brincar. Então nós brincamos. (p.27).

(O livro foi retirado de circulação pela editora em 2021, depois da intensa reação do público leitor na internet).

Quilombolas

Negros insubmissos, então, passavam praticamente despercebidos nas páginas destinadas aos jovens leitores, porém, a formação dos quilombos e, em especial, a biografia romantizada de Zumbi dos Palmares tornaram-se, pouco a pouco, tema de uma variedade de livros.

A necessidade de se reescrever a epopeia palmarina é enfatizada por Clóvis Moura em *Sociologia do negro brasileiro*:

> [...] há todo um passado de historiografia tradicional, conservadora, ideologicamente comprometida com o colonizador e que procura esconder, escamotear ou deformar o verdadeiro significado e a importância sociológica, histórica, política e humana que foi Palmares, apresentando tão importante fato como sendo apenas um valhacouto de bandidos e marginais. (*Op. cit.*, p.161).

A saga de Zumbi, desde então, tem despertado a atenção de diversos autores. Nem todos, porém, acertam a mão:

Em *O menino de Palmares*, Prêmio Jabuti na categoria Juvenil, a autora, Isa Silveira, faz um relato datado e romanceado, com pitadas preconceituosas sobre Palmares, exaltando ao mesmo tempo a resistência dos palmarinos e a bravura dos bandeirantes encarregados de liquidar os quilombos:

> E foi a esta gente valorosa e intrépida, decidida e sem limitações em sua coragem, mesmo a serviço de causas ingratas, foi que a metrópole resolveu recorrer. E mandou chamar Domingos Jorge Velho, capitão dos paulistas [...]. (1968, p.80).

Mas Zumbi ecoa em alto e bom som na voz de numerosos autores.

Joel Rufino dos Santos, em *Zumbi* (1985), não faz por menos e, com muito engenho e arte, desenterra, recupera e enaltece a vida do líder palmarino, apresentando-o como um dos heróis mais importantes da história do Brasil.

Luiz Galdino segue na mesma trilha e, com traços retumbantes, dá luz ao celebrado personagem em *Saruê, Zambi (1985)*:

> [...] Nós somos muitos e lutamos pela única coisa que vale lutar. Lutamos pra ser livres e continuarmos livres! E quem luta pela liberdade, eu juro não morrerá nunca! [...] Lembrem-se da chibata, do tronco, da humilhação que mata mais do que ferro frio! É isso que espera quem fraquejar. E eu penso que a morte ainda é melhor a essa vida. (1985, p.81).

Temos, ainda, *Em busca da liberdade* (1986), de Sonia Demarquet, no qual João Congo, moleque escravizado, foge para Palmares e morre combatendo os mercenários de Domingos Jorge Velho, e *O negrinho Ganga Zumba* (1988), de Rogério Borges, no qual o futuro guerreiro, quando menino, escapa para Palmares.

Júlio Emílio Braz, por sua vez, faz uma releitura inovadora do herói palmarino em *Zumbi, o despertar da liberdade* (1999). E Sonia Rosa, em *Zum Zum Zumbiiiiiii* (2021), atualiza ludicamente o mito para o público infantil.

Bonecas negras

A bonequinha preta, de Alaíde Lisboa de Oliveira, publicado em 1938 pela editora Francisco Alves, é considerado, por seu pioneirismo, um marco da literatura infantil brasileira. "Ingênuo e pleno de boas intenções", o título vendeu até hoje, em inúmeras reedições, mais de dois milhões de exemplares.

Nessa história, Mariazinha, uma menina branca e loura, tem uma boneca muito bonita, sem nome e "preta como carvão". Segundo palavras da própria autora, "Eu não aguentava ver só bonecas louras de olhos azuis. Queria criar uma boneca de cor negra." E acrescenta: "O livro foi uma maneira inconsciente de homenagear a minha babá negra, uma pessoa muito querida."

Mesmo considerando que a obra não prima como referencial étnico-racial, merece ser lembrada, discutida e contextualizada criticamente, já que aborda uma temática ainda pouco explorada em nossa atual literatura infantil e juvenil.

Realezas negras e a valorização dos cabelos e da imagem dos afrodescendentes

Recentemente, vários livros exaltando os feitos de princesas e rainhas africanas passaram a fazer parte dos catálogos de diversas editoras. Boa parte deles, todavia, carece de uma pesquisa mais aprofundada, revelando-se, desse modo, piegas e forçados. Não basta, a meu ver, ter uma protagonista negra. Escrever e publicar requer, entre outras qualidades, uma construção qualificada e bem cuidada do tema abordado, tanto por parte da autoria, escritor e ilustrador, quanto por parte da edição.

Da mesma maneira, aproveitando a temática do empoderamento, uma quantidade expressiva de títulos valorizando o cabelo dos personagens negros também têm vindo à luz. Muitos deles, são oportunos e plenos de empoderamento, como, por exemplo, *Com qual penteado eu vou?* (2021) e *O mundo no black power de Tayó* (2013), ambos de Kiusam Oliveira, e *Que cabelo é esse, Bela?*, de Simone Mota. Alguns, nem tanto. Outros, como *Peppa* (2009), causaram polêmica pela forma como a escritora e ilustradora Silvana Rando abordou o delicado assunto, o que levou, inclusive, a própria autora a retirá-lo de circulação logo após a obra ter sido acusada de racista.

Livros são como espelhos nos quais as crianças, para se valorizarem, independente do tom de sua pele, devem se ver refletidas, pois, se elas não se conhecem, conforme disse Patricia Aldama durante sua palestra no Congresso Lectura`99 (1997) em Havana, Cuba, não podem conhecer o outro, que será sempre um desconhecido. Portanto, segundo as palavras da mesma conferencista, as crianças devem ser capazes de ver representações positivas de si mesmas e de outras culturas e etnias, senão poderão gerar interpretações perigosas, como o pensamento de inferioridade em relação à cor, à língua e à história de seu povo.

Tal panorama, num país multirracial e pluricultural como o nosso, seria o ideal. Este espelho embaçado, porém, estava restrito basicamente a personagens brancos. Mas graças a autores como Joel Rufino dos Santos, Luiz Galdino, Júlio Emílio Braz, Inaldete Pinheiro de Andrade, Geni Guimarães, Heloisa Pires Lima, Edimilson de Almeida, Sonia Rosa, Georgina Martins, Celso Sisto, Otávio Júnior e Kiusam Oliveira, entre outros, com a parceria de renomados ilustradores, a literatura infantil e juvenil brasileira passou a refletir, paulatinamente, a imagem de personagens afro-brasileiros de forma real, questionadora e afirmativa, dando voz a uma escrita que até então permanecia silenciada.

Tal agenda positiva, porém, não foi obtida fortuitamente ou de forma benévola. Ela é resultado de **uma longa luta efetuada por militantes dos movimentos negros unificados em busca de seus direitos.**

Cabe ressaltar que o posicionamento e tomada de consciência para as questões raciais, iniciados no século passado, tiveram um impulso maior a partir da promulgação da Lei 10.639/2003, que, apesar dos entraves a sua real efetividade, torna obrigatório em todos os estabelecimentos de ensino fundamental e médio, das redes pública e particular, o ensino da História e Cultura Afro-Brasileira.

Essa **lei** fez com que os editores abrissem os olhos para uma fatia do mercado que até então não era o alvo principal do mundo editorial, fazendo com que novas portas se abrissem, permitindo o surgimento de uma geração de escritores, principalmente afro-brasileiros, preocupados com as questões raciais e sociais dos personagens negros.

UM SOPRO DE ESPERANÇA

Levando em conta a extensa pesquisa que tenho feito e continuo a realizar em uma infinidade de livros infantis e juvenis, dentre os quais, pude perceber que a maioria dos personagens afrodescendentes eram revestidos de atributos que reforçavam imagens negativas e preconceituosas, podemos concluir que o panorama atual, embora ainda não seja o desejado, melhorou consideravelmente.

Cabe aos nossos autores ampliarem esse horizonte para que as novas gerações de crianças negras não se envergonhem de seu passado e nem sejam segregadas ou estereotipadas. Que esses jovens leitores, ao abrirem um livro, tenham orgulho e prazer de saber que seu povo lutou e ajudou a erguer o nosso país. E que, por conseguinte, todos, não importa os diferentes matizes da pele, tenham os direitos inerentes a cada cidadão, tornando-se, em vez de ser meros figurantes, **sujeitos** de suas próprias histórias.

Pois o negro, quer queiram ou não, é parte integrante desta dita grande nação.

LETRAMENTO RACIAL NA EDUCAÇÃO INFANTIL

Clarice Campos

[...] Ser invisível quando não se quer ser
é ser um fantasma que não assusta ninguém.
Quando se é invisível sem querer
ninguém conta até dez
ninguém tapa ou fecha os olhos
a brincadeira agora é outra
os outros brincam de não nos ver.

(Esmeralda Ribeiro)

Abrir as portas da memória é uma maneira de existir, reexistir e resistir. A chave que nos permite voltar ao passado é a mesma que deixa aberta a porta do presente e nos ajuda a projetar futuros.

Aprendi a ler desde muito cedo. Antes mesmo de entrar para a escola, eu alimentava minha imaginação infantil folheando livros e revistas. No convívio com a família, eu me sentia amada e protegida. Minha mãe e minhas tias dividiam o tempo entre o tanque, o fogão e as histórias para ler e para contar. Essas vozes femininas da minha infância me ensinaram o amor pela literatura e me ajudaram a construir uma autoimagem positiva, apesar do mundo do lado de fora, o tempo todo, apontar qual era o lugar que corpos negros como o meu deveriam ocupar no espaço e na história.

Naquela época, as obras audiovisuais e literárias com representações de negros e negras eram raras. Inquietava-me o conteúdo das narrativas e as personagens dos programas de televisão a que eu assistia e dos livros que eu lia, que, em geral, apresentavam padrões físicos e sociais que não refletiam a minha identidade, nem despertavam em mim a noção de pertencimento. As poucas histórias com vivências de pessoas negras apenas abordavam personagens estereotipados, em condições subalternizadas ou folclorizados. Na literatura, o negro era personagem coadjuvante ou tema sobre o qual se falava. No imaginário dos autores daquela época, na maioria pessoas brancas, não cabia a ideia de personagens negros protagonistas ou narrando suas próprias histórias.

Era a década de 1970, período marcado pelo controle e imposições motivadas por questões ideológicas e políticas. A escola, além do compartilhamento de saberes e de conhecimentos, refletia as disputas e os jogos de forças travados na sociedade de uma maneira geral. Os conteúdos giravam em torno de histórias eurocentradas e que colaboravam na legitimação de uma suposta supremacia branca.

As obras literárias e os livros didáticos suprimiam as histórias de lutas e resistências dos povos negros, reforçando manifestações e representações que operavam negativamente nas vidas das crianças negras. Os conteúdos e as imagens expressavam diretamente representações negativas e inferiores associadas à cor negra, enquanto a cor branca era relacionada a representações positivas, isto é, ao ideal estético. Vivíamos a ditadura dos estereótipos e padrões estéticos e sociais, expressos, de forma direta ou velada, também nos discursos e nas ações dos colegas e de alguns professores.

Passados mais de 50 anos, ainda hoje precisamos lutar por direitos básicos como educação, oportunidades de emprego e até mesmo pelo direito de ir e vir. Uma questão que ganha relevo principalmente porque, de acordo com os dados do Censo, a maioria da população brasileira se identifica como preta ou parda (IBGE, 2022).

Assistimos aos noticiários repletos de violações e abusos contra a polução negra. Quase todo mundo já ouviu ou tem uma história para contar de patrões que mantém empregados em situação análoga à escravidão, de jovens presos por engano pela polícia ou de clientes que foram hostilizados em lojas e shoppings por apresentarem "aparência suspeita". Nos espaços de convivência e lazer como hotéis, aeroportos, restaurantes e shows, negros e negras são confundidas sistematicamente com funcionários do local. Isso indica que algumas pessoas naturalizaram a presença ou o trânsito de negros nesses espaços apenas se for para servirem aos brancos ali presentes. Evidente que todas as funções são importantes e dignas. Não é sobre isso que estamos tratando.

É importante enfatizar que, mesmo com a recorrência desses fatos, uma parcela da sociedade prefere não acreditar que, no Brasil, vivemos um problema racial e que, portanto, precisa ser resolvido. Essas pessoas sustentam a ideia de que brancos e negros convivem harmoniosamente e desfrutam dos mesmos direitos e oportunidades. O mito da democracia racial, como é conhecido, e os apagamentos das histórias de lutas e de resistência da população negra são mecanismos usados pelos brancos para esconder ou minimizar os efeitos do longo período de escravização de pessoas negras no Brasil.

Em meados de 1980 eu me tornei professora e, mesmo tendo concluído o curso com excelente aproveitamento, meu ingresso no magistério só ocorreu com aprovação em concurso público. Durante os primeiros anos como professora, muitas vezes tive de contar e criar as próprias histórias com as crianças e os jovens com os quais eu trabalhava, a maioria negra e de classes populares, porque o mercado editorial e o acervo das escolas também não atendiam a multiplicidade racial e cultural do Brasil.

É evidente que alguns passos foram dados em relação às questões raciais no país. É possível identificar mudanças a partir de uma série de fatores indissociáveis, tais como as alterações nos referenciais sociais e culturais e até mesmo da própria legislação, sobretudo a implementação da Lei nº 10.639/2003, posteriormente complementada pela Lei nº 11.645/2008, que estabelece a inclusão da história e da cultura afro-brasileira e indígena no currículo oficial de todas as escolas brasileiras do ensino fundamental e médio, sejam elas públicas ou particulares. Os avanços ocorridos resultaram principalmente da inclusão do tema das relações étnico-raciais e afrodescendência nas pautas de discussão e de ações combativas de grupos e movimentos negros.

Ainda que os modos e os meios apontem para uma perspectiva antirracista, estamos bem distantes do ideal de uma sociedade justa e equânime. Daí a necessidade de nos mantermos coletivamente em movimento para que mais setores, mais órgãos e mais pessoas tenham entendimento dos fatores estruturais de opressão motivada por questões raciais dentro da nossa sociedade, isto é, que sejam letradas racialmente, tornando-se capazes de reconhecer e de lutar contra o racismo.

Mas, afinal, o que significa ser letrado racialmente?

Magda Soares (1991) distingue alfabetização de letramento. Para a autora, além da condição de ser capaz de ler e escrever, o indivíduo letrado é aquele que faz uso frequente da leitura e da escrita. Desse modo, uma pessoa pode ser alfabetizada, mas, se não vive no estado ou condição de quem pratica a leitura e a escrita, não será um indivíduo letrado. Nesse sentido, podemos entender o letramento racial como um conjunto de ações utilizadas na desconstrução de discursos hegemônicos que naturalizam práticas racistas.

Essa compreensão aponta para o letramento antirracista, ou seja, além do entendimento das questões raciais, é necessário se concentrar no movimento, na mobilização, em ações intencionais e planejadas para o combate ao racismo. O letramento antirracista supõe mudanças e a ruptura de limitações impostas pelos diferentes lugares ocupados pelos sujeitos, conforme salienta a professora Cida Bento, enfatizando essa necessidade de ação, compromisso e posicionamento sistêmico no combate ao racismo, bem como suas consequências:

> Implica reconhecer ao mesmo tempo o outro e o que somos, aprender nossos lugares recíprocos, situar os nossos papéis, identificar na estrutura de nossas organizações os elementos que fomentam a supremacia e a história que gerou ônus para uns e bônus para outros. E seguir realizando as mudanças institucionais imprescindíveis. (Bento, 2022, p.129).

O conceito de *racial literacy* foi formulado pela antropóloga afro-americana France Winddance Twine e significa, literalmente, alfabetização racial; todavia, foi traduzido pela psicóloga Lia Vainer Shucman como "letramento racial", porque, nas palavras da pesquisadora:

> A ideia de letramento está mais ligada à ideia do conhecimento, do saber, da cultura envolvida. Seria, portanto, utilizar a linguagem adequada para cada situação social necessária. (2020, p.188).

O letramento racial atua como ferramenta que expõe a inverdade da ideia de igualdade racial brasileira, propagada como realidade. Assim, o combate ao racismo só é possível se reconhecermos que vivemos em uma sociedade organizada a partir da naturalização do privilégio branco. Ou seja, o preconceito racial sobre a população não branca é relacionado, segundo Shucman, diretamente às vantagens e privilégios gozados pela população branca.

Para a pesquisadora, o branco, além de beneficiado, é também produtor ativo dessa estrutura racializada, que é dividida em categorias: privilégios materiais, tais como as facilidades no acesso à educação, à habitação, à oportunidade de emprego e à riqueza que é transferida por herança entre as gerações; e privilégios simbólicos, que se referem aos atributos normalmente relacionados às pessoas brancas, como inteligência, beleza e a educação. (*Idem*, pp.63-72).

No Brasil, vivemos em uma sociedade orientada principalmente por uma percepção eurocêntrica e segregadora, que, apoiada em teorias pseudocientíficas, confere ao negro o lugar de inferioridade em favor da superioridade das pessoas brancas. Como nos fala Achille Mbembe,

> A raça foi a sombra sempre presente no pensamento e na prática das políticas do ocidente, especialmente quando se trata de imaginar a desumanidade de povos estrangeiros – ou a dominação a ser exercida sobre eles. (2018, p.18).

É sabido que, para os humanos, o termo raça não tem validade científica; entretanto, no âmbito do contexto cultural, ele existe. A noção de raça é sustentada pelo racismo e persiste no imaginário de representações de diversos grupos, legitimando diferentes formas de opressão e dominação social e ideológica. Aprendemos com Kabengele Munanga que a diversidade é algo incontestável, merecendo ser explicada cientificamente. O problema, de acordo com o antropólogo, é que, além da diversidade, os grupos foram classificados e hierarquizados. Assim,

> Os indivíduos da raça branca foram decretados coletivamente superiores aos da raça negra e amarela, em função de suas características físicas hereditárias [...] que, segundo pensavam, os tornavam mais bonitos, mais inteligentes, mais honestos, mais inventivos, etc., e consequentemente mais aptos para dirigir e dominar as outras raças, principalmente a negra mais escura de todas e consequentemente considerada como a mais estúpida, mais emocional, menos honesta, menos inteligente e portanto a mais sujeita à escravidão e a todas as formas de dominação. (2003, p.20).

Os indivíduos são classificados racialmente desde o nascimento, recaindo sobre os brancos significados positivos, de prestígio social e intelectual. A esse grupo é conferido o discurso do saber e o desenho de uma identidade nacional. Por outro lado, os conceitos pejorativos referentes à raça, cor, valores espirituais, religiosos e políticos são conferidos à população negra, sobretudo como resquícios da colonização. O colonizador se colocou no lugar de "universal", belo, único, detentor da verdade e dos saberes, confrontando e estabelecendo que o outro não sabe, não é capaz, não serve ou é menor, para, então, justificar as depreciações, os apagamentos e as destruições.

A professora Nilma Lino Gomes também nos ajuda na compreensão de como a questão da raça opera na nossa sociedade. Embora não seja um dado da natureza, "as raças são, na realidade, construções sociais, políticas e culturais produzidas nas relações sociais e de poder ao longo do processo histórico." (2005, p.49).

Diante do exposto, podemos entender que não existem diferenças biológicas que justifiquem o tratamento discriminatório entre os seres humanos, contudo, cotidianamente identificamos os efeitos da padronização e da classificação racial sobre as interações entre os sujeitos dentro dos diferentes grupos sociais. Devidamente instrumentalizados, podemos identificar e combater ideologias, discursos e atos racistas, rompendo padrões que privilegiam e reproduzem ideologias culturais dominantes. Para tanto, é fundamental o estudo, as formações, as trocas de experiências e de práticas positivas. A autocrítica também é um fator importante, pois é necessário que estejamos atentos às nossas próprias manifestações racistas, que, de tão arraigadas em nossas construções, muitas vezes se tornam despercebidas e, desse modo, são naturalizadas.

Na prática, sabemos que a eliminação de ideias, a modificação de comportamentos e o rompimento de padrões que privilegiam e reproduzem ideologias culturais dominantes não são tarefas fáceis. Compete à sociedade como um todo a conscientização crítica e o engajamento nas ações para o respeito às diversidades, como vigilante combativa das práticas que inferiorizam e excluem, motivadas por questões de gênero, classe social, raça, orientação sexual ou quaisquer outros marcadores sociais.

Nesse contexto, é preciso considerar que a literatura possui um papel importante na valorização da diversidade. Textos que contemplam as diferenças despertam a imaginação, a criatividade, a criticidade e o sentimento de pertencimento de todas as crianças. Por isso, é importante que façamos escolhas por narrativas que colaborem para que as crianças construam uma relação de confiança com ela mesma e com o outro.

Eliana Debus nos convoca a pensar sobre a importância de que todas as crianças se vejam representadas dentro das histórias. Para a autora,

> Se ler o outro e sobre o outro tem importância fundamental na formação leitora do indivíduo, o contato com textos literários, que apresentam personagens em diferentes contextos permite uma visão ampliada de mundo. (2017, p.22).

Conhecer-se significa relacionar-se com o outro e com a própria identidade. É válido lembrar, nesse sentido, a noção de identidade abordada por Stuart Hall (2011) a partir do sujeito sociológico. O autor considera que as identidades não são fixas e são formadas a partir da interação com o outro, daí a importância de apresentar para as crianças narrativas que enalteçam a beleza, a coragem, a inteligência e o pioneirismo de pessoas negras em diferentes campos da arte, da cultura e da ciência, para que elas se reconheçam nas identidades das personagens dessas histórias.

Na contemporaneidade, aos poucos, uma seleção de obras literárias com autoria e temática negras está sendo aberta ao público infantil, principalmente para atender as demandas da Lei nº 10.639/2003. Estamos vivendo, assim, uma ampliação de conquistas resultantes de lutas antigas.

> Não se pode falar de uma literatura produzida no Brasil por homens e mulheres negras sem falar de ações em conjunto ligadas aos movimentos negros, principalmente a partir

> dos anos 1970, década marcada pelas ações combativas de grupos em relação à discriminação racial e busca de uma identidade negra positiva. (Campos, 2022, p.97).

As crianças negras são atravessadas pelo racismo desde muito pequenas, por isso é muito importante que sejam afetadas a partir do contato e partilha de histórias que promovam a diversão, o encantamento e que contemplem a representatividade. Concordamos com a professora Bárbara Carine Pinheiro quando ela diz que "as crianças se formam por uma perspectiva de reforço positivo, e não pela negação do que a sociedade racista afirma acerca de nós." (2023, p.108).

É importante acrescentar que não basta oferecer obras com personagens negros. As famílias, as escolas, as bibliotecas e os espaços de leitura que pretendem uma educação literária antirracista devem oferecer literatura infantil que apresente a temática da diversidade e que seja de qualidade, isto é, aquela que não subestima a capacidade das crianças de refletir, se identificar, inferir e se emocionar.

A fim de que crianças sintam a sua corporeidade respeitada, autoras como Eliana Alves Cruz, Nilma Lino Gomes e Kiusam Oliveira, entre outras, possuem obras que envolvem o cabelo, os sentimentos nos rituais e cuidados de beleza que são passados entre as gerações, enaltecendo a beleza negra. São narrativas com textos e ilustrações que desconstroem padrões fixados e atitudes de rejeição ao corpo e ao cabelo de pessoas negras.

Histórias que normalmente vêm de fontes tradicionais africanas ou afro-brasileiras, com príncipes e princesas, reis e rainhas negras também são importantes para o estímulo à imaginação e para a elevação da autoestima das crianças negras. Autores como Joel Rufino dos Santos, Rogério Andrade Barbosa e Heloisa Pires Lima escreveram recontos de histórias potencializadas pela tradição oral. Esses autores trazem para a literatura mitologias, crenças e tradições capazes de fazer com que as crianças negras aumentem seus repertórios culturais e sintam orgulho das suas próprias histórias e das histórias dos seus antepassados.

É importante ressaltar que não há consenso sobre a denominação da literatura de autoria e temática negra. Nesse sentido, a produção literária que circula no Brasil, escrita por autores afro-brasileiros, é classificada por Eliane Debus em três categorias: a literatura que, sem focalizar a autoria, tematiza a cultura africana e afro-brasileira; a literatura escrita por afro-brasileiros; e as literaturas africanas, de língua portuguesa ou não (2014, p.26). Cuti defende chamá-la de "negro-brasileira", argumentando que nomeá-la como "afro-brasileira", quando produzida por autores brasileiros que se reconhecem como negros, é colocá-la como mero apêndice da literatura africana (2010, pp. 31–46). A escritora Sonia Rosa, por sua vez, cunhou o conceito de "literatura negro-afetiva" para designar sua própria obra literária, que abrange inúmeros títulos infantis e juvenis, bem como histórias de outros autores, com o afeto como eixo central das relações entre personagens. A autora, que também é pesquisadora em relações étnico-raciais, define as peculiaridades dessas narrativas:

> São histórias contadas e ilustradas em que a beleza e a força identitária de "ser negro" se faz presente na sua melhor versão: gente bonita, calçada, penteada (penteados afro-diversos), sorridente, feliz, com família e histórias para contar. (2021, s/p)

Além dela, Cintia Barreto e Taís Espírito Santo, por exemplo, são autoras de obras que reúnem tais características.

Os livros com temáticas afrofuturistas – tramas que envolvem fantasia, ficção científica, tecnologias e sobrenatural para, a partir da ficção, especular futuros possíveis para a população negra – ainda está em expansão no Brasil. Ale Santos, Fábio Kabral e Lu Ain-Zaila são alguns dos autores que, usando o maravilhoso e o insólito, constroem narrativas conjugando os saberes da ancestralidade e a potência do futuro.

Também a produção de biografias de personagens históricos negros para crianças vem passando por um crescimento, e é importante que os pequenos tenham conhecimento de trajetórias de pessoas negras que se destacaram no contexto em que vivem ou viveram. Obras retratando a vida da escritora Carolina Maria de Jesus, de Mandela como líder e ex-presidente da África do Sul, do palhaço Benjamin de Oliveira e de Zumbi, líder do Quilombo dos Palmares, e de outros personagens negros, encontram-se disponíveis nas livrarias. São histórias que se configuram como aliadas na luta antirracista, inspirando as crianças e possibilitando o conhecimento do legado que essas personalidades deixaram em favor da sociedade.

A professora e pesquisadora Nely Novaes Coelho, em sua obra *Literatura infantil: teoria, análise, didática*, define o ato de ler ou de ouvir histórias como uma experiência de vida, inteligência e emoções (2000, p.32). Assim, a literatura voltada para a diversidade étnico-racial pode ser entendida como uma ferramenta antirracista e colaborar para que crianças construam formas de pensar, sentir sobre si e sobre o outro a partir da leitura.

Além dos apresentados aqui, outros autores criam histórias e personagens que contemplam crianças de diferentes culturas e representatividades, como: Otávio Junior, Sidnei Nogueira, Júlio Emílio Braz, Emicida, Lázaro Ramos, Elisa Lucinda, Cidinha da Silva, Jarid Arraes, entre outros.

Por fim, sabemos que não é fácil eliminar ideias e romper padrões que privilegiam e reproduzem ideologias dominantes. Porém, espera-se que adultos, muitas vezes oriundos de uma educação permeada por práticas racistas, partindo de uma tomada de consciência da realidade, estejam atentos às diversidades e atuando como vigilantes combativos das práticas que inferiorizam e excluem a partir de manifestações racistas. Que a literatura, em seus múltiplos caminhos e junto com uma movimentação coletiva, concorra para uma sociedade justa e de igualdade de direitos para todos.

A LEI 10.639/2003, A EDUCAÇÃO DAS RELAÇÕES ÉTNICO-RACIAIS E OS IMPACTOS NA PRODUÇÃO LITERÁRIA PARA AS INFÂNCIAS

Eliane Debus

[...] Cremos
O anunciado milagre
Estará acontecendo.
E na escritura grafada
Da pré-anunciação,
De um novo tempo.
Novos parágrafos se abrirão.

(Conceição Evaristo)

A crença desconfiada explicitada no poema "Cremos", de Conceição Evaristo, se ativa quando nossa leitura recai sobre os verbos no futuro (estará, abrirão), indicando que ainda há um percurso a seguir e com seus possíveis percalços, mas traz um alento quando demarca uma preanunciação que nos aquece o coração e que aponta para uma estrada a seguir. A metáfora do amanhã pela construção do presente, já em movimento, pode ser recolhida para o início deste texto ao refletirmos sobre as políticas de ações afirmativas implantadas no Brasil a partir do início do século XXI que buscam "corrigir injustiças, eliminar discriminações e promover a inclusão social e a cidadania para todos no sistema educacional brasileiro" (Brasil, ano, p.1), entre elas, a Lei nº 10.630/2003.

Neste espaço, limitado pelos caracteres/números de páginas, focarei na Educação das Relações Étnico-Raciais (Erer) sob o prisma de uma educação democrática pela promoção do respeito, da diversidade étnico-racial por um viés antirracista. Entretecemos nosso dizer a partir da Lei nº 10.639 em diálogo com a produção literária para a infância, partindo da constatação de que nos último 20 anos ela se esgarçou quando o tema é a pluralidade cultural, a representação de personagens negras e até mesmo a escrita negra, o que culminou também numa maior produção de trabalhos acadêmicos sobre a análise desse cenário, seja a sua produção, circulação e/ou recepção. Desse modo, em um primeiro momento apresentamos um conjunto de documentos que nortearam este novo cenário literário para posteriormente adentrarmos na sua constância editorial e na sua permanência ou não nos espaços escolares e não-escolares.

A(S) LEI(S) E SEUS DISPOSITIVOS PARA UMA EDUCAÇÃO ANTIRRACISTA

A vida em sociedade nos exige o respeito à convivência coletiva e aos regramentos que objetivam impulsionar as medidas de sociabilidade, por isso temos as diferentes leis e dispositivos que nos orientam para esse fim. Podemos exemplificar com as leis de trânsitos: espera-se que o condutor as conheça, pois caso não as cumpra pode sofrer sansões que o impossibilitam de seguir o caminho contínuo, interrompendo-o por pouco ou muito tempo. Confesso que nunca tive carteira de condutora e que a mobilidade urbana sobre quatro rodas sempre me afeta, nunca coloquei uma chave na ignição de um carro, mas como transeunte conheço as regras básicas para que possa transitar com liberdade e tranquilidade.

Como professora, o conhecimento sobre as leis que regem a educação e seus dispositivos regulamentares, muitos vinculados a outras leis maiores, como a própria Constituinte, por certo deve ser de nosso interesse para que desenvolvamos da melhor maneira possível o nosso ofício. Dentre esses documentos de referência fica o questionamento:

a) Você já ouviu falar ou leu sobre a Lei nº 10.639?
b) Você já pensou sobre o contexto de criação e implantação dessa lei?
c) Você já fez formação sobre a lei e seus desdobramentos, em particular no que diz respeito a Erer?
d) O Projeto Político Pedagógico de sua escola contempla os encaminhamentos da lei e as suas diretrizes?

Talvez essa reflexão mereça desdobramentos. Mas, para início de conversa, parto de algumas respostas — mesmo que elas se anunciem incompletas em sua inteireza.

A Lei nº 10.639, sancionada em 09 de janeiro de 2003, está vinculada umbilicalmente à Lei de Diretrizes e Bases da Educação Nacional (LDBEN), nº 9.394/96, quando altera o seu artigo 26 e torna obrigatório o ensino sobre História e Cultura Afro-Brasileira. Vale lembrar que o artigo 26 é novamente alterado em 2008 pela Lei Federal nº 11.645, acrescendo a obrigatoriedade do estudo da história e cultura afro-brasileira e indígena. Neste momento, centraremos na Lei nº 10.639 pelo seu caráter iniciático.

No contexto de aprovação da lei em tela existe um histórico de lutas dos movimentos sociais negros que, organizados e resilientes, se empenharam para os desdobramentos de diferentes ações afirmativas. Cita-se, mesmo que rapidamente, o Teatro Experimental Negro – TEN (1944), o I Congresso do Negro Brasileiro (1950), o Conselho Nacional de Mulheres Negras (1950) e o Movimento Negro Unificado – MNU (1978) (Santos, 2005). Já na década de 1989, 14 anos antes da Lei nº 10.639 ser promulgada, Abdias do Nascimento, deputado federal à época, encaminhou o Projeto de Lei nº 1.332/83, que propunha o ensino de História e Cultura Africana e Afro-Brasileira na educação, bem como a Marcha Zumbi dos Palmares, em 1995,

> [...] que estabeleceu o grito sobre a condição do negro no Brasil, desencadeando um programa nacional de enfrentamento das desigualdades raciais no país. (Müller; Coelho, 2013, p. 12).

Constata-se que muitas das ações, leis e documentos foram se ampliando pelos ventos democráticos a partir da década de 1980, e entre esses se destaca a Constituição Federal (1988), documento que prima por uma "sociedade fraterna, pluralista e sem preconceitos" (Brasil, 2004a, p. 3), e que no seu Art. 3°, que apresenta os objetivos fundamentais da República Federativa do Brasil em seu inciso IV, aponta a necessidade de "promover o bem de todos, sem preconceitos de origem, raça, sexo, cor, idade e quaisquer outras formas de discriminação" (Brasil, 2004a, p. 3).

No que diz respeito à Educação, na década de 1990, a LDBEN (1996) e os Parâmetros Curriculares Nacionais – PCNs (1997), que buscam orientar os encaminhamentos para o Ensino Fundamental e Médio com o objetivo de garantir o direito aos conhecimentos necessários para o exercício da cidadania plena, são marcos fundamentais. No caso dos PCNs, os temas transversais (TT) – Ética, Saúde, Orientação Sexual, Meio Ambiente, Trabalho e Consumo e Pluralidade Cultural – são anunciados como propulsores de novos encaminhamentos e se destaca aqui o TT Pluralidade Cultural na promoção do respeito à diversidade (Brasil, 2000).

Os marcos regulatórios e as ações aqui descritas contribuíram para a aprovação da lei e sua implantação, mas outros dispositivos, assim nomeados por Gomes (2012), foram necessários para a sua implementação, haja vista as mudanças na LDBEN/1996, exigindo análise e providências pelo Conselho Nacional de Educação (CNE), como o parecer do CNE/CP nº 03/2004, que aprovou as Diretrizes Curriculares Nacionais para Educação das Relações Étnico-Raciais e para o Ensino de História e Cultura Afro-Brasileira e Africana, que objetivam "oferecer referências e critérios para que se implantem ações, as avaliem e reformulem no que e quando necessário" (DNC, p.27), onde são estabelecidas orientações de conteúdos a serem incluídos e trabalhados e também as necessárias modificações nos currículos escolares, em todos os níveis e modalidades de ensino, e a Resolução CNE/CP nº 01/2004, que apresenta os direitos e as obrigações dos entes federados com a implementação da lei.

O Parecer nº 03/04 acrescenta sobre as pedagogias de combate ao racismo a ênfase na necessidade do investimento na formação profissional qualificada em diferentes áreas de conhecimento, "sensíveis e capazes de direcionar positivamente as relações entre pessoas de diferente pertencimento étnico-racial, no sentido do respeito e da correção de posturas, atitudes, palavras preconceituosas" (Brasil, 2004b, p.20).

As Diretrizes apontam indicativos sobre a prática pedagógica e anunciam alguns elementos primordiais, como a necessidade de materiais didáticos adequados para o trabalho com a Erer. Entre eles, destaca-se a edição de livros e materiais didáticos para diferentes níveis e modalidades de ensino, que atendam ao disposto no parecer, em conformidade com o Art. 26-A da LDB. Tais materiais devem abordar a pluralidade cultural e a diversidade étnico-racial da nação brasileira, corrigir distorções e equívocos presentes em obras já publicadas sobre a história, a cultura e a identidade dos afrodescendentes, sendo desenvolvidos sob o incentivo e a supervisão dos programas de difusão de livros educacionais do MEC – o Programa Nacional do Livro Didático (PNLD) e o Programa Nacional de Bibliotecas Escolares (PNBE) (DCNERE, p.25).

Outra iniciativa que merece destaque é o lançamento, em 13 de maio de 2009, do Plano Nacional de Implementação das Diretrizes Curriculares Nacionais para a Educação das Relações Étnico-raciais e para o Ensino de História e Cultura Afro-Brasileira e Africana que insere a Erer "como um dos elementos estruturantes do projeto político pedagógico das escolas" (BRASIL, 2009, p. 49) tendo como referência os "tratamentos igualitários, considerando a singularidade de cada sujeito em suas dimensões culturais, familiares e sociais" (Brasil, 2009, p.49).

Para compreender como a lei impactou ou não as práticas escolares, podemos nos debruçar sobre a pesquisa – publicada em livro com o mesmo nome – *Práticas Pedagógicas de Trabalho com Relações Étnico-Raciais na Escola na Perspectiva da Lei n.º 10.639/03*, realizada nas cinco regiões do país no ano de 2009, entre os meses de fevereiro a dezembro, em 36 escolas públicas brasileiras na esfera municipal e estadual, tendo entrevistado 477 participantes, entre estudantes e profissionais da educação, e que teve como objetivo:

> Identificar, mapear e analisar as iniciativas desenvolvidas pelas redes públicas de ensino e as práticas pedagógicas realizadas por escolas pertencentes a essas redes na perspectiva da Lei nº 10.639/03. (Gomes, 2012, p.21).

Ao visitar o contexto de mobilização e caminhos para a criação e implantação da lei, verificar os documentos que a antecedem e a precedem, por certo fica visível a sua dimensão política e de reparação, contribuindo para uma sociedade antirracista. Para além disso, é necessário questionar se a lei tem sido estudada e introduzida a contento nos espaços educativos, seja de formação das/dos docentes, seja na das/dos educandas/os.

No estudo coordenado por Gomes (2012), constata-se o "baixo grau de institucionalização alcançado pela Lei nº 10.639/03" e que da implantação à implementação há um caminho a percorrer. No que se refere aos gestores, a falta de informação dos educadores (formação inicial e continuada), a precariedade no que diz respeito ao investimento orçamentário, bem como a insistência em apontar dificuldades, são marcas destacadas pelos instrumentos das pesquisas. Para a pesquisadora os dados levantados indicam que há a resistência da comunidade escolar, em particular a dos gestores, e para ela:

> Essa indicação traz implícita a necessidade de consolidar argumentos para a ampliação da compreensão dos processos históricos de transformação dos diferentes em desiguais. (Gomes, 2012, p.25).

Feita essas considerações, destaca-se que mesmo com os limites de implementar a Lei – entendendo o significado do verbo como "dar execução a um plano, programa ou projeto, levar à prática por meio de providências concretas, programar, prover" (Gomes, 2012) – o mercado editorial se movimentou a tal modo que o acréscimo de títulos e até mesmo a inclusão do critério identidade racial das escritoras/dos escritores se ampliou, mas entre a existência e a permanência dessa produção literária, algumas pesquisas apresentam suas fragilidades (Debus, 2007, 2008; Araújo, 2017; Bernardes, 2018).

No Brasil o protagonismo da compra individual de livros é governamental, isto é, o Governo Federal (GF) é o seu principal consumidor, ao adquirir por meio de editais os livros didáticos e literários destinados às escolas de Ensino Fundamental e Médio – poucas vezes a Educação Infantil foi contemplada em diferentes programas, como o atual Programa Nacional do Livro e do Material Didático (PNLD), ou o extinto Programa Nacional Biblioteca na Escola (PNBE), entre os anos de 1997 a 2015. Destaca-se que os editais governamentais para aquisição de acervo dialogam com os preceitos legais, entre eles a Lei nº 10.639. No entanto, contraditoriamente ao crescimento da produção, nem sempre esses títulos chegam às escolas. Dito isso, entramos na segunda sessão deste texto, que se organiza buscando apresentar dados que dialogam com essa afirmação.

O mercado editorial brasileiro, os livros para a infância e a Erer

As leis e seus dispositivos serviram de referência para o fenômeno de ampliação no mercado editorial brasileiro do acervo literário com foco na Erer. Esse movimento se deu já com os Temas

Transversais (1997), quando os catálogos editoriais começaram a categorizar muitos livros pelo tema, entre eles o da Pluralidade Cultural, e se expandiram com a Lei nº 10.639/2003. Impossível negar que:

> Se ler o outro e sobre o outro tem importância fundamental na formação leitora do indivíduo, o contato com textos literários, que apresentam personagens em diferentes contextos, ou a existência de escritores oriundos de diferentes contextos permite uma visão ampliada de mundo (Debus, 2017, p.29).

Desse modo, na interface mercado editorial, livros para a infância e Erer, se verifica um acréscimo de títulos e que, no somatório de mapeamento realizado, pode ser categorizado em: 1) literatura que tematiza a cultura africana e afro-brasileira; 2) literatura afro-brasileira; e, 3) literatura africana – entende-se a última pluralizada (literaturas africanas).

A representação negra nos livros para a infância é marcada pelo papel coadjuvante e de subalternidade, poucos são os títulos que até a aplicação da Lei nº 10.639 trazem as crianças negras, bem como a representação das culturas africanas e afro-brasileiras como protagonistas. Podemos destacar o pioneirismo de Joel Rufino dos Santos, Rogério Andrade Barbosa, Júlio Emílio Braz e Sonia Rosa, que entre as décadas de 1970 a 2000 já traziam a representatividade étnico-racial com constância em suas publicações, mas é a partir de 2003 que vamos encontrar um movimento significativo para a inserção das publicações.

As pesquisas sobre aumento da produção (Debus, 2009; Bernardes, 2018; Araújo, 205) também apresentam as suas contradições, pois se há os títulos nas editoras, essa tendência não se solidifica nos acervos das bibliotecas escolares. Peguemos como exemplo o Programa Nacional Biblioteca na Escola (PNBE), programa efetivado entre os anos de 1997 a 2015, e que teve quatro edições para Educação Infantil (2008, 2010, 2012, 2014).

Em pesquisa sobre o acervo do PNBE para Educação Infantil, Bernardes (2018) analisou os 360 livros que compuseram as quatro edições: 61 traziam a temática da cultura africana e afro-brasileira, e desse conjunto somente 21 trouxeram personagens negras como protagonistas na linguagem visual e cinco na linguagem verbal. A pesquisadora ainda afirma que a redução se consolida ainda mais quando analisada a representação positiva das personagens – pelo fenótipo, papéis sociais e participação na narrativa: um total de 12 títulos, sendo nove com personagens negras na linguagem visual e três com a temática na linguagem verbal. Ainda argumenta que, embora o mercado editorial tenha as publicações, elas não aparecem nas escolhas:

> [...] na maioria dos livros contemplados nos acervos do PNBE; o branco predomina como uma referência de normalidade, promovendo uma visão hegemônica. Fortalece-se assim a ideia de que o negro é um sujeito inferior, por meio das sub-representações e descrições negativas das características e traços das personagens negras, representação que favorece cada vez mais a perpetuação do racismo e a naturalização da branquitude. (Bernardes, 2018, p.188).

Débora Araújo (2015), ao estudar a política do PNBE, analisou a relação estabelecida entre as instituições envolvidas na análise dos títulos – a Secretaria de Educação Básica (por meio da Coordenação-Geral de Materiais Didáticos) e a Secretaria de Educação Continuada, Alfabetização, Diversidade e Inclusão, bem como a Instituição de Ensino Superior responsável pela avaliação pedagógica do PNBE. Para a pesquisadora:

> A produção dos editais do PNBE em várias de suas versões demonstrou o quanto as concepções de literatura e diversidade são dúbias, contraditórias e fragmentadas. (Araújo, 2015, p.10).

Embora constate um aumento na quantidade e "relativa" qualidade, "ainda predomina a baixa proporcionalidade entre personagens brancas e negras, sobretudo em obras para leitoras/es menores" (Araújo, 2015, p.305).

Na ampliação dos títulos, destaca-se a entrada no mercado editorial brasileiro de literatura africana de língua portuguesa para infância e juventude. Inicialmente a editora Língua Geral, por meio de seu selo Mama África, trouxe à cena cinco títulos entre os anos de 2006 e 2009; são eles: *O beijo da palavrinha*, de Mia Couto (2006); *Debaixo do arco-íris não passa ninguém*, de Zetho da Cunha Gonçalves (2006); *O homem que não podia olhar para trás*, de Nelson Saúte (2006); *O filho do vento*, de José Eduardo Agualusa (2006); e *O leão e o coelho Saltitão*, de Ondjaki (2009). Na mesma linha de publicação, a editora Kapulana traz a coleção Vozes da África, totalizando oito títulos (sete moçambicanos e um angolano), a saber: *Kalimba*, de Maria Celestina Fernandes (2015); *Viagem pelo mundo num grão de pólen e outros poemas*, de Pedro Pereira Lopes (2015); *O jovem caçador e a velha dentuça*, de Lucílio Manjate (2016); *O rei mocho*, de Ungulani Ba Ka Khosa (2016); *As armadilhas da floresta*, de Hélder Faife (2016); *A viagem*, de Tatiana Pinto (2016); *O casamento misterioso de*

Mwidja, de Alexandre Dunduro (2017); e *Kanova e o segredo da caveira*, de Pedro Pereira Lopes (2017). Nesse corpus destacam-se ainda as publicações das editoras Pallas (Zetho da Cunha Gonçalves, Ondjaki, Luandino Vieira), Melhoramentos (Luandino Vieira, Antologia/várias vozes africanas de língua portuguesa), FTD (Pepetela, Manuel Rui), entre outras. Muitos desses títulos estão resenhados no livro *Para dar a conhecer as literaturas africanas de língua portuguesa para infância publicadas no Brasil: resenhas* (Debus; Santos; Bernardes, 2022), que traz 36 resenhas, sendo 18 de Angola, 16 de Moçambique, uma de Cabo Verde e uma de Guiné-Bissau.

No que diz respeito a identidade étnico-racial, o acréscimo da produção se destaca principalmente na escrita de mulheres, como traz Fernanda Costa e Souza (2022, p.9) em sua pesquisa: o mapeamento de 78 títulos produzidos por 38 escritoras e 45 ilustradoras/es que tinham personagens femininas negras representadas, constatando que fica "perceptível uma ampliação da literatura afro-brasileira produzida por mulheres negras e com personagens meninas/mulheres".

A Lei nº 10.639/2003, a Educação das Relações Étnico-Raciais e os impactos na produção literária para a infância – construídas a partir do mesmo fio

– constituem uma relação desejante por um repertório que se quer antirracista e, sobretudo, que reforce "o direito à diferença e a necessidade de políticas públicas que contemplem a diversidade" (GOMES, 2012).

A Lei nº 10.639/2003, como uma política de ação afirmativa, afetou de forma positiva o mercado editorial, embora saibamos que há um caminho ainda a percorrer no que diz respeito a qualidade dos títulos, o que merece mais análise crítica e não cabe neste espaço trazer. No entanto, constata-se que a quantidade não tem resultado no acesso aos títulos, em particular no espaço escolar.

Acreditamos que a presença de personagens negras, a representação da cultura afro-brasileira e publicização das escritas africanas possibilitem a ampliação do horizonte de expectativas do leitor; "para além da identificação e colaboração da autoestima da criança negra, deve contribuir para que possamos ver o outro, e não o mesmo de sempre" (Debus, 2017, p.34), na sociedade plural que vivemos implica a representação ficcional plural.

Dessa forma, é necessário estar atento para o fato de que o protagonismo negro na literatura para infância não está chegando de forma mais assertiva no acervo dos espaços educativos – quer seja na representação das personagens, quer seja na representação autoral (linguagem verbal e linguagem visual). Para que esse cenário se arrefeça de modo que possamos encontrar nas estantes livros que contemplem a Erer, é possível levantarmos algumas possibilidades no compromisso individual como educadora e no compromisso coletivo com a educação:

- Verificar o protagonismo nos títulos que chegam à escola a partir de compras governamentais.
- Posicionar-se, individual e coletivamente, sobre a ausência do protagonismo.
- Na presença do protagonismo na linguagem verbal e na linguagem visual, avaliar se elas colaboram para a noção positiva de pertencimento.
- Lembrar que o livro é destinado ao leitor criança e estar atento ao modo como ele recebe a leitura do título: quais suas reações diante da narrativa e das ilustrações.

O compromisso com a constituição de um acervo plural que se paute pela diversidade depende do nosso olhar atento para a produção literária e as seleções que fazemos.

Muito há por dizer, mas fiquemos por aqui.

REPRESENTATIVIDADE E PROTAGONISMO NEGROS: ENCANTAMENTO E CURA NA LITERATURA NEGRO-BRASILEIRA INFANTIL E JUVENIL

Kiusam Oliveira

> *Se a tesoura aponta a lâmina, que corte a raiz da barbárie.*
>
> (Kiusam Oliveira)

Tempos difíceis vivemos no Brasil. Num país onde é necessário discutir as crises democrática, sanitária, social, política e econômica, bem como a naturalização da violência política misógina, não há frase mais adequada para iniciar este ensaio, no qual pretendo discorrer sobre o valor de um tipo específico de literatura infantil e juvenil que tem possibilitado as suturas psíquicas necessárias para àquelas pessoas consideradas animais desde o tempo da escravidão até os dias atuais: mulheres e homens, adultas e adultos, jovens e crianças negras e negros, cujas feridas são provocadas pelo racismo. Nesse sentido, "relacionar conceitos como identidade e representação social é um caminho natural" (Oliveira, 2001, p.30).

Dado que a representação que nós, seres humanos, fazemos do nosso próprio corpo está diretamente ligada aos olhares dos outros sobre ele, podemos supor que o corpo atua positiva ou negativamente a partir da forma como é visto, considerado e tratado pela sociedade como um todo. Potanto, é necessário ter em mente que "a representação que fazemos de nós mesmos baseia-se em como nossa imagem corporal é encarada pelos outros (...) dominantes que impõem uma cultura como determinante" (*Op. cit.*, p.66).

Para os padrões impostos pela sociedade brasileira, pautados *na* e *pela* hegemonia branco-ocidental, o modelo cultural dominante em relação aos corpos estabelece a heteronormatividade como um princípio, a branquitude como o grande privilégio social, a ser defendido custe o que custar pelos brancos, e o racismo como algo aceitável e até necessário para que a estrutura social continue a ser mantida, tendo como uma das estratégias a violência seguindo o princípio da clausura, a partir do qual "cada indivíduo no seu lugar; e em cada lugar, um indivíduo." (Foucault, 1984, p.131). Assim, a pessoa que carrega especificidades cultural, religiosa, étnica, econômica, social, histórica, etc., dificilmente terá seu corpo absorvido pela sociedade que impõe as regras, uma vez que

> [...] viver em sociedade é viver sob a dominação dessa lógica e as pessoas se comportam segundo as exigências dela, muitas vezes sem que disso tenham consciência. (Rodrigues, 1986, p.11).

Pesquisas diversas (Cavalleiro, 2000; Cunha Jr., 1996/1997/1998/1999; Gomes, 1994; Oliveira, 2001/2007/2008; Silva, 1995) apontam para o fato de que, a partir da lógica de dominação brancocêntrica, a criança negra conhece o racismo na primeira infância, quando sai da socialização que ocorre no lar passa a vivenciar aquela que acontece na escola, afinal, é nesse espaço que:

> [...] os xingamentos e piadas são parte da cultura racista [...], as escolas e os sistemas educativos negam a existência do racismo como ato sistemático. Fica aí a contradição de como tratar uma coisa que não existe. (Cunha Jr., 1999, p.2).

Necessário aqui, considerar o pensamento de Baldwin, que com lucidez declara, relacionando fatos de seu país, algo fundamental para nossa reflexão e que, ao meu ver, cabe perfeitamente para o que vivemos no Brasil:

> Neste país, os negros – e eles não existem, estritamente ou juridicamente falando, em qualquer outro país – são ensinados a partir do momento que seus olhos se abrem para o mundo. Este mundo é branco, e eles são pretos. Os brancos detêm o poder, o que significa que eles são superiores aos pretos [...] e o mundo tem inúmeras maneiras de tornar essa diferença conhecida, sentida e temida. (1962, p.6).

É óbvio que, se vivemos em uma sociedade racista, que desconsidera a África como o berço da humanidade, da sabedoria, dos conhecimentos científicos, do protagonismo na história do planeta Terra, está para nós, negras e negros em movimento, informar e formar a população como um todo sobre isso, conforme perspectiva tão bem pontuada por Mbembe:

> "África" e "negro" – uma relação de coengendramento liga esses dois conceitos. Falar de um é, na realidade, evocar o outro. E se negro é uma alcunha, se ele é aquilo, remetem à diferença mais pura e mais radical e à lei da separação. (2018, p.79).

No campo da literatura, pessoas negras foram por séculos descritas negativamente e/ou invisibilizadas como personagens que mereciam reconhecimento e valoração. Assim, acompanhamos edições famosas de livros nos campos da literatura infantil e juvenil se tornarem referências, mesmo que apresentando personagens negras ocupando, no imaginário da escritora e do escritor branca/o, o local da subalternidade, da maldade, da falta de inteligência, do erótico, do exótico, do ignorante, da pervertida, do estuprador, do bandido, do rebaixado, do excluído, daquela pessoa que não se aceita e que tem a autoestima deteriorada.

Além disso, as imagens corporais são apresentadas normalmente animalizadas, pendendo para a aparência de um porco ou macaco, imagens estas presentes em livros didáticos, paradidáticos e em todos os gêneros literários. A/O algoz que se revela na figura da escritora e do escritor sempre busca se esconder atrás das palavras, das ilustrações e dos livros: são sempre pessoas brancas e mascaradas, constantemente defendidas pela massa que os representa. Historicamente, temos vários exemplos desse tipo de aparição literária polêmica, entretanto, não cabe trazer neste texto.

Tais violências manifestadas por intermédio de textos e ilustrações de pessoas negras não estão presentes somente no campo da literatura, mas sim em todos os cantos que se possa olhar, sendo que a mulher negra é a mais afetada por tais olhares, levando-a a desenvolver uma angústia que tem propiciado o território da morte como um fim em si mesmo, afinal,

> [...] a angústia voltada contra o próprio corpo traz algumas consequências nefastas para quem a sente. Quando uma mulher negra se recusa a ser do jeito que é [...] em última instância está desejando sua aniquilação física, a fim de ressurgir mesmo que num arremedo de gente. (Oliveira, 2008, p.31).

Certa de que tal sentimento é desconhecido pelas pessoas brancas, que vivem sem se darem conta de como

> [...] é triste que o despertar dos sentidos nos leve a um julgamento tão impiedoso de si mesmo – para não falar do tempo e angústia que se gasta no esforço de chegar a qualquer outra apreciação – mas é inevitável que uma tentativa literal de mortificar a carne deve existir entre os negros. (Baldwin, 1962, p.5).

Nesse ponto em que o país se torna a lâmina da tesoura que corta sem piedade as pessoas que fogem à norma estabelecida como adequada, essas passam a ter suas existências anuladas, e desde a infância. Na literatura, vemos essa lógica ser reproduzida, consciente e /ou inconscientemente, sem que se perceba grandes esforços para escapar da lógica hegemônica nos textos e imagens, expondo a "arapuca social" (Oliveira, 2020) que, no Brasil, está estabelecida como a engenhosidade invisível que nos prende a uma bacia de alumínio sem que seja percebida ou, quando o é, sem que seja desesperadamente refutada. Tal engenhosidade costuma ser descoberta após muitas décadas de vidas sendo vividas na lógica do sistema perverso que a criou e que sustenta as barbáries em nome do bem-estar de poucos, afinal,

> [...] os novos "condenados da Terra" são aqueles a quem é recusado o direito de ter direitos, aqueles que se avalia que não

> devam se mover, os que são condenados a viver em todo tipo de estruturas de reclusão – os campos, os centros de triagem os milhares de locais de detenção que se espalham por nossos espaços jurídicos e policiais. São os rejeitados, os deportados, os expulsos, os clandestinos e outros "sem documentos" –, esses intrusos e essa escória da nossa humanidade que temos pressa em despachar, porque achamos que, entre eles e nós, nada existe que valha a pena ser salvo, visto que eles prejudicam imensamente a nossa vida, a nossa saúde e o nosso bem-estar. Os novos "condenados da Terra" são o resultado de um trabalho brutal de controle e de seleção, cujos pressupostos raciais são bem conhecidos. (Mbembe, *op. cit.*, p.306).

Quem criou e sustenta o sistema desumano que condena alguns em detrimento de outros nunca conta com a eficácia da subversão produzida pelos condenados na quentura do ódio semeado por aqueles que se dizem "do bem", nunca contam com a construção "da dialética da resistência num contra-corpo afrodescendente" (Oliveira, 2001, p.70), que, de outra forma, não mais existiria e que cria uma lógica própria de agir, pois, surgido a partir do mergulho nas próprias experiências de exclusão individual e coletiva, nos conflitos enfrentados por cada segmento forjado nas contradições, nos confrontos e nas tensões como forma de resistência comunitária, e que busca resgatar nele mesmo formas de continuar se afetando emocionalmente com todas os segmentos sociais que sofrem com a violência: apesar da mágoa, da raiva e do ódio, afinal,

> As pessoas não podem viver sem este sentido de dignidade: eles farão qualquer coisa para recuperá-lo. É por isso que a criação mais perigosa de qualquer sociedade é o indivíduo que não tem nada a perder. (Baldwin, *op. cit.*, p.18).

Só as pessoas que se entenderam condenadas na própria terra são capazes de se tornarem lâminas apontadas na direção do sistema necropolítico que as oprimiu. Impossível não ver algo positivo em tanto ódio, pois, no fim das contas, ele sempre faz surgir um novo corpo, com mais força, capacidade, sagacidade, competência estratégica e com o poder real de apontar a lâmina da tesoura para o que se faz necessário.

É desse contra-corpo negro que surgirá a possibilidade de cortar as raízes da barbárie, tudo por conta do ódio que o branco semeia. Afinal, algo positivo de tudo isso.

Infâncias, racismo e barbárie: na teia da arapuca social

Saindo de uma escola em Diadema no ano de 2014, após ministrar formação aos profissionais da educação, deparei-me com um diálogo entre duas crianças que aparentavam oito ou nove anos de idade e pedalavam lentamente suas bicicletas. Um deles disse, apontando: "A polícia, a polícia! Eu tenho medo da polícia!" A outra criança olhou para o carro de polícia e, com os olhos arregalados, voltou seu olhar para o coleguinha e lhe respondeu: "Medo da polícia? Mas por quê? Nós não somos pretos."

Que país é esse capaz de apontar suas lâminas às infâncias, todas elas, independente de raça/cor, gênero, condição social? Quando uma criança é capaz de proferir uma fala carregada de tanta rudeza e desprezo significa o quanto ela já foi devastada em sua identidade original, aquela que veio com ela, capaz de ver brilho em qualquer poço escuro. Para mim, ela já foi ferida tantas vezes até que aprendeu, precocemente, a fazer uma leitura de mundo extremamente cruel. Nesse sentido, compreender Paulo Freire, quando afirma que a leitura de mundo precede a leitura da palavra, torna-se algo fundamental. Dentro dessa lógica,

> [...] não é suficiente aprender a ler que "Eva viu a uva", mas fundamental é estabelecer

> uma via de ampliação e entendimento de mundo à criança de que na sociedade brasileira, pautada pelas desigualdades, minimamente Eva vive condições extremamente diferentes das vividas por Ivo e que a uva é um bem da terra cultivado e produzido pela mão-de-obra de quem trabalha muito, ganhando pouco. (Oliveira, 2021, no prelo).

Fundamental refletir, neste ponto, sobre o que é uma arapuca e seu objetivo. Arapuca é uma "armadilha para caçar pequenos pássaros e, por extensão, uma armação para surpreender, emboscar; cilada, armadilha" (*Idem*, 2020). Para mim, as crianças são capturadas por um sistema social perverso mesmo antes de nascerem: a arapuca social que um dia já aprisionou as mães, pais, avós, avôs, tias e tios dessas crianças certamente as aprisionará assim que chegarem ao mundo fora da *útera materna*. Desconsidera-se que a/o bebê

> aprende a respirar na água, a nadar, a sorrir, a chorar, a cantar, a ouvir, a se consolar colocando o dedinho na boca, a reconhecer a voz da família, a se alimentar, a se movimentar e a reagir aos estímulos externos. (*Idem, ibidem*).

Ao nascer, é recebida/o com um tapa e, em meio a tantas novidades, experimenta também a sensação de dor. E eu me pergunto: será que as marcas desse momento violento se esvaem com o tempo?

Só é possível pensar que a arapuca, agora, será o novo lar da criança recém-nascida, pois, ao abrir os olhos, verá tudo azul se for menino, e tudo rosa se for menina. Esta acaba sendo a segunda arbitrariedade imposta à criança, após o tapa que violou o seu corpo.

Com o passar do tempo, conceitos como bonito e feio, bom e mal são ensinados e aprendidos e, corriqueiramente, a criança começa a enxergar o mundo pela ótica das mães, dos pais. Quero dizer com isso que mães e pais ensinam o que é bonito e feio a partir de seus próprios gostos, e a criança aprende a reproduzir tais falas, gestos e comportamentos. Dentro de uma visão pós-crítica, que privilegia a linguagem como central nas dinâmicas de inteirações e representações, surgem também as formas de representar o que sentem ao verem os diferentes objetos diante de si, bem como suas características diversas. Os corpos humanos fazem parte do *hall* de mensurações.

Um provérbio africano afirma que é preciso uma aldeia inteira para educar uma criança. Um outro provérbio chama a atenção para o fato de que o ser humano nasce com uma boca para falar menos, e, para ouvir, cheirar e enxergar melhor, recebe dois ouvidos, duas narinas e dois olhos, suficientes para provocar o despertar e promover as conexões necessárias dos sentidos *no* e *com* o mundo.

Assim, educar para a diversidade tem muito mais importância do que as pessoas costumam dar para isso. Pensar as infâncias é considerar a multiplicidade de realidades e experiências vividas pelas crianças: considerar crianças negras em movimento no candomblé, no jongo, no maracatu, no congo, no tambor de crioula é necessário para entender que, uma vez ligada ao lazer e às tarefas coletivas, estarão dando continuidade aos saberes apreendidos através dos conhecimentos ancestrais que sustentam aquele grupo. E, nesse sentido, falar em *etapas do desenvolvimento*, de Jean Piaget, por exemplo, não faz o menor sentido.

Se faz necessário que crianças tenham oportunidades de viverem suas infâncias de modo a desenvolverem suas capacidades "de protagonizar, de escolher, de opinar, de se emocionar, de enfrentar problemas e de se solidarizar" (Oliveira, 2020), e assim, tendo a linguagem (verbal e/ou corporal) como ferramenta fundamental para que as conexões possam efetivamente acontecer a partir delas mesmas, e não mediadas pelo olhar contaminado das pessoas adultas que as rodeiam, é pensar a sociedade como uma grande arapuca que favorecerá o racismo como estrutural e estruturante, pois

> [...] faz parte da construção educativa brasileira, precisa ser desconstruído por pessoas com visões mais dinâmicas sobre a constituição do país, sem que emitam juízo de valor ou afirmem que as contribuições dos brancos são mais significativas que as contribuições de negros e indígenas. (*Idem*, *ibidem*).

A fim de desconstruir tal pensamento, é necessário buscar formas negro e afro-referenciadas para repensar o processo de aprendizagem, que deve se dar de corpo inteiro, completamente mergulhado em diversas experiências, para que ganhe sentido e seja ressignificado de forma ampliada. Especificamente para as crianças negras,

> o conceito de corpo deve ser considerado subversivamente, compreendendo-o como "corpo-templo-resistência" que seja capaz de combater o racismo institucional e a necropolítica cotidianos, em uma perspectiva sócio-cosmo-política. Afinal, resistir à barbárie é um ato sagrado. (Oliveira, 2019, p.17).

É fundamental ainda *tayorizar* a criança negra em sua infância, a fim de que, desde cedo, aprenda a encarar o racismo como fato possível de ser enfrentado com dignidade a partir da valorização de suas raízes ancestrais, capazes, somente elas, de nos aterrarem em nossa ancestralidade e, assim, em nós mesmas/os. Mas isso só é possível dentro de outra lógica para se pensar a educação brasileira, o que tenho feito tomando como fundamento a *Pedagogia Eco-Ancestral*, que propõe caminhos para uma pedagogia tipicamente brasileira, que considera os saberes negro-ameríndios, amplamente identificáveis no país. Esta sim é uma via possível para escapar da arapuca social.

Ainda sobre o conceito de infância negro e afro-referenciado, importante trazer aqui experiências do candomblé, no qual a infância é cultuada e estimulada a vida inteira por meio da figura do *erê*, da criança: "dar erê" é a possibilidade de incorporar a essência ancestral infantil. Para isso, não tem idade como limite para uma pessoa. Quando uma senhora com 87 anos incorpora seu erê, fica mais ágil e pode contribuir com o axé do espaço, oferecendo seu trabalho. Nesse sentido, a infância não está presente somente nos corpos infantis e, assim, as crianças podem compreender uma máxima: os corpos são perecíveis e fenecem, as infâncias não. Sabedoria ancestral africana.

REPRESENTATIVIDADE NEGRA: *TAYORIZANDO* A CRIANÇA POR INTERMÉDIO DA LITERATURA NEGRO BRASILEIRA

Crianças negras merecem ter um imaginário repleto de positividades a respeito das mulheres, dos homens, das crianças e animais negros. Merecem conhecer um mundo em que as pessoas buscam reparar séculos de crimes cometidos contra africanas/os e seus descendentes, pois representatividade negra importa. Eu, por exemplo, como autora, trato de representar politicamente os interesses da população negra na literatura. Quais são esses interesses? Um deles pode ser o de ter mais personagens negros nas histórias. Outra possibilidade pode estar no desejo de ver livros ilustrados por profissionais mulheres negras.

Orientar uma criança é tarefa para várias mãos por conta da responsabilidade. Para que isso ocorra, considerar o corpo como uma categoria do território sagrado (Oliveira, 2017) se faz essencial. Para a autora, o resgate positivo da ancestralidade africana é uma via de reconexão da criança negra com sua autoestima, e tem o poder de provocar as suturas psíquicas necessárias às identidades fragmentadas pelas rupturas provocadas pelas constantes vivências racistas.

Pensando o campo relacional da criança com um livro, Oliveira (2020) entende que a criança não apenas vê um livro ou ouve uma história, ela se conecta com a mesma projetando seu imaginário de forma rápida, real e concreta. Carlos Moore reforça o valor disso ao afirmar que:

> Nada é mais importante para uma criança que um conto que a insira no mundo dos humanos, dos animais e das coisas. Essa inserção faz-se por meio do apelo à sua imaginação. Como sabemos, sua faculdade de sonhar está sempre desperta. As crianças negras não são exceção a essa regra, exceto pelo fato de que seus sonhos são perturbados por pesadelos recorrentes, agressivos e demolidores: a realidade ambiente, que as agride, as rechaça e as apaga no mundo real pelo viés de insultos, risos sarcásticos e até agressões físicas por parte daqueles com os quais deveriam compartilhar um imaginário prazeroso – seus pares –, ou ainda, daqueles que deveriam ser os substitutos de seus pais, os professores. (2014, p.6).

A partir do lúdico despertado pela imaginação, a criança, partindo de suas experiências, é capaz de "tayorizar" (Oliveira, 2020) no campo das relações interpessoais tendo como base a consciência das tensões existentes no campo das relações étnico-raciais. Tayorizar é um termo criado pela autora, advindo do nome de uma de suas personagens mais reconhecidas pelo público, a protagonista do livro *O mundo no black power de Tayó* (2013), cujo significado, na língua iorubá, é "da alegria". Na história, ela tem seis anos e adora enfeitar seus cabelos crespos com o penteado *black power*. Ela se ama por ter na própria mãe seu espelho.

O que vem a ser "tayorizar" então? No texto, Tayó é uma criança envolvida em um complexo contraditório presente na sociedade brasileira: a dialética existente entre o que se fala e o que se vive. Quero dizer com isso que, ao mesmo tempo em que se afirma a não existência do racismo e se silencia as conversas e discussões sobre temas fundamentais como branquitude, relações de poder e supremacia branca, a criança negra é submetida a práticas racistas reproduzidas, inclusive, por outras crianças, pois aqui no Brasil

> (...) ensina-se a ser racista, aprende-se a ser racista. A hipocrisia está no olhar relativizado onde pessoas brancas se posicionam, em nome da boa família, como combatentes da moral e dos bons costumes por meio de um olhar parcial sobre as questões nacionais sem enfrentar de fato a educação racista e sexista que os levaram a posições tão limitadas de ser e

> compreender a diversidade humana e o fato de vivermos num país pluriétnico e multicultural, construído por negros e negras, escravizados por quase quatro séculos. (Oliveira, 2018).

Assim que a criança negra chega à escola, passa a ser excluída dos diversos grupos formados – o da brincadeira, o do trabalho em grupo, o da festa junina, o de representar a escola em eventos públicos, o de receber o carinho e a atenção da educadora, o de fazer parte da turma principal do time de vôlei, o de protagonizar papéis no teatro, etc. E esta situação, sendo vivida por anos, acaba sendo o detonador que a levará diretamente ao rebaixamento de sua autoestima, estabelecendo um conflito emocional gigantesco que fará com que rejeite o próprio corpo e a essência do seu ser mais íntimo, o que certamente reverberará na construção das identidades de cada criança e jovem, provocando o que Oliveira (2008) tem chamado de *rupturas psíquicas*, posto que "o pensamento negro é um pensamento sitiado, acuado e acossado pela dor da opressão racista" (Souza, 1983, p.152). Tal fenômeno, portanto, se inicia no espaço escolar, já no berçário e prossegue até mais adiante, quando, por volta dos três, quatro anos de idade, a criança negra consegue manifestar seu desejo de não mais ter aquela cor de pele.

Oferecer um imaginário positivo para a criança é, para mim, um dever para com as infâncias – todas elas –, do qual a personagem Tayó é símbolo, como também um desejo manifestado. Ela é uma criança altiva e tem consciência racial e social dos seus direitos e da história do povo negro, o que lhe possibilita dar respostas dignas e inspiradoras às provocações racistas de suas colegas de classe ao agredirem seu cabelo crespo. Tayó se ama, se reconhece negra e tem plena consciência da ancestralidade que a sustenta, aprendizado adquirido com uma pessoa mais velha, no caso, a sua mãe.

Nesse sentido, o reconhecimento de seu pertencimento étnico-racial, cuja agência é o continente africano, faz toda a diferença para sua vivência infantil. Uma vez que Tayó tem informações sobre suas origens, adquire forças para viver o seu presente com atenção plena em relação ao ambiente em que se encontra, entre quais pessoas está, no que falam e como agem entre elas e com ela própria, como também em relação ao que ela sente em seu interior a partir de tudo o que está vivendo naquele momento.

Parece-me que a atenção plena é uma habilidade que deve ser estrategicamente ensinada e rapidamente aprendida pelas crianças negras, a fim de que, desde cedo, compreendam que a autodefesa é a primeira etapa na luta pela conquista dos direitos do povo negro, pois está ligada à necessidade de sobreviver individualmente para poder colocar seu corpo e corporeidade à disposição da luta coletiva antirracista.

Tayorizar a infância de uma criança negra é a possibilidade que ela terá de, ao se perceber violentada, agir com chances reais e concretas de se defender, inspirada nos repertórios adquiridos em rodas de conversa e histórias, livros, jogos e brincadeiras, músicas, teatro etc., sempre em conexão com diversas realidades. Tayorizar as infâncias negras é a meta que educadoras e educadores – adultas e adultos – devem ter, a fim de que revertam as rupturas psíquicas provocadas pela humilhação e racismo vividos cotidianamente, pelas suas trajetórias de vidas silenciadas, podendo se estender até a fase adulta. Tayorizar a vida de uma criança negra se dá como um posicionamento político decolonial, que contesta a idea de que "o ser branco como a norma e o não-branco como desvio" (Oliveira, 2019, p.16), parte do posicionamento adotado pela autora como essencial dentro da *Pedagogia Eco-Ancestral*.

Para a autora, tayorizar a infância de uma criança se dá no campo do lúdico-literário – ação que está para a literatura negro-brasileira do encantamento infantil e juvenil (*Idem*, 2020), uma vez que

> O sujeito étnico negro do discurso enraíza-se, geralmente, no arsenal de memória do escritor negro. E a memória nos oferece não apenas cenas do passado, mas formas de pensar e sentir, além de experiências emocionais. (Cuti, 2010, p.89).

Porém, acredito que as memórias de somente uma escritora ou escritor negro não sejam suficientes para a elaboração de um texto decolonial capaz de colocar "a nu o preconceito, desde a sua conotação mais sutil até a mais agressiva" (*Idem*, *ibidem*, p.109), isso porque o racismo é uma engenharia cujos mecanismos funcionam muito bem e, segundo Kabengele Munanga, "o racismo é o crime perfeito" (2010).

As editoras demoraram séculos para se atentarem às questões de representação e representatividade focados na diversidade. Com relação às representações das humanidades nas histórias literárias, "escritores brancos poderiam ter oferecido ao seu público tais experiências [...]. É que os preconceitos também têm sua profundidade e participam da moldagem da personalidade e até do estilo" (Cuti, *op. cit.*, p.88) de uma escritora, de um escritor branco.

Nesse sentido, leitoras e leitores atentos têm visto o conceito de representação negra sendo abordado por autoras e autores brancos por modismo ou por orientação das editoras, para atender às novas demandas do mercado editorial, sobretudo após a implementação da Lei nº 10.639/03 – que alterou a Lei de Diretrizes e Bases da Educação Brasileira (9394/96) e que obriga o ensino da história da África e da cultura afro-brasileira nas escolas do país, destacando as áreas de literatura e educação artística. Assim, inserem personagens de identidades diversas em suas histórias, mas fica evidente a reprodução de pensamentos racistas, sexistas, classistas e homofóbicos em alguns textos literários para os públicos infantil e juvenil.

A inserção de personagens negros nesses livros costuma reforçar estereótipos impostos à categoria negra, inclusive corroborados pelas ilustrações, que em nada valorizam a beleza negra, uma vez que o racismo estrutural limita o olhar e o traçar de palavras e desenhos que reafirmem o belo ali existente.

Na literatura brasileira feita por autoras e autores brancos até o momento atual, podemos encontrar os preconceitos tanto de marca, quanto de origem, conforme a definição de Oracy Nogueira:

> Quando o preconceito de raça se exerce em relação à aparência, isto é, quando toma por pretexto para as suas manifestações os traços físicos individuais, a fisionomia, os gestos, o sotaque, diz-se que é marca; quando basta a suposição de que o indivíduo descende de certo grupo étnico para que sofra as consequências do preconceito, diz-se que é de origem. (1954, p.292).

No campo literário, vemos enredos e ilustrações que animalizam as personagens negras, como exemplo os casos em que os temas do casamento e da reprodução sexual são abordados entre personagens infantis e bichos; ou estereotipam a imagem do menino negro em cenas de rua, sem família, descalço, com uma bola de futebol, ou de shorts e camiseta curta com uma barriga inchada aparecendo (de modo a sugerir a existência de verminoses), sempre com um sorriso gigante no rosto, como se jamais tivesse percebido que caiu de paraquedas naquela história. Infantilizado em suas reações, projetado quase sempre como ingênuo, o bobo da corte branca, com feições propositadamente descuidadas como forma de colocar a personagem negra como a feia e, por outro lado, reforçar a personagem branca como a bonita da história.

Na literatura juvenil, a mesma regra está estabelecida, acrescida ao fato de recorrentemente as histórias estarem baseadas na vida real de quem as escreveu e que, em algum momento da infância, se relacionou com pessoas negras, normalmente nos papel de empregadas domésticas – e suas filhas e filhos – que serviram suas famílias por uma vida inteira e, ao término da história, o protagonista branco cresceu, estudou, se formou, constituiu família, e o coadjuvante negro cresceu, não estudou, tampouco se formou, podendo até ter constituído família, mas com traços de desequilíbrio e adicção.

Está constantemente recolocado na literatura brasileira a figura das personagens negras como fracassadas, violentas, libidinosas, emocionalmente instáveis, infantilizadas, cachaceiras, prostitutas, pobres, desorientadas, com a autoestima rebaixada, viciadas, ou seja, personalidades fracas. Essas têm sido as representações das pessoas negras reforçadas ao longo da história literária brasileira, pela pouca tinta que autoras e autores brancos têm imprimido em seus textos, mas que tem marcado violentamente o imaginário da população brasileira.

Representação e representatividade, portanto, não têm o mesmo significado. Objetivamente, podemos nos basear no que dizem as colunistas Deh Bastos e Paula Batista quando afirmam que é fundamental uma criança se ver representada por uma pessoa negra ocupando, por exemplo, uma bancada de jornal; mas fazem um alerta ao afirmarem que, quando pessoas negras "diversas aparecem, isso é representação. Quando pessoas diversas tomam decisão, isso é representatividade" (2021).

Pilar afirma que representatividade requer muitas camadas:

> Na literatura, por exemplo, é comum vermos personagens negros que estão ali apenas para existirem, mas não apresentam nada mais em seu enredo. Isso é representação! A ausência é suprida, mas a presença continua problemática. Eu pergunto: essa presença é representativa? Os personagens não são plurais e complexos, não trazem subjetividades ou às vezes servem apenas de escadinha para o protagonista [muito provavelmente representado por um personagem branco] cresça em sua própria história. Isso não é representatividade. [...] A representatividade apresenta camadas, pluralidades e complexidades para aqueles personagens [como o que é sempre apresentado para personagens que

> representam a hegemonia, como se só eles tivessem esse direito] que os tira do lugar-comum e dos discursos nocivos. (2020).

Passos e Passos se referem à autora deste texto, Kiusam Oliveira, ao analisarem o texto do livro *O black power de Akin* (Editora de Cultura, 2020), ilustrado por Rodrigo Andrade, afirmando que "A linguagem 'kiusamiana' corrobora no construto identitário a partir do nome, o qual é importante para a construção e para o fortalecimento da identidade individual" (2021, p.546), o que os leva a avançar na reflexão certos de que

> A organização da palavra literária e da ilustração, atreladas à simbologia africana e afro-brasileira, mostrou-se peculiar no processo de afirmação da identidade negra de Akin. Ao tomar conhecimento da ancestralidade e de seus valores, o protagonista teve a identidade fortalecida dentro (Seu Dito Pereira) e fora do espaço escolar (Gestão da escola), que, juntas, permitiram este percurso em Akin. (*Idem*, *ibidem*, pp.560-1).

A literatura negra almeja, assim, configurar uma nova ordem simbólica (Bernd, 1988) nos textos e nas imagens.

Nesse sentido, Oliveira (2019) afirma que a criança negra precisa saber que não somente há um exército ancestral com as ferramentas de combate para lutar por ela, como também há, na contemporaneidade brasileira, um exército negro e feminino que se recusa a soltar a sua mão.

A LITERATURA NEGRO-AFETIVA E A URGÊNCIA POR ENREDOS ENCANTADORAMENTE ENEGRECIDOS

Sonia Rosa

> *A solidariedade está na base da identidade negro--brasileira, juntamente com o desejo de pertencimento.*
>
> (Cuti)

Sou escritora de literatura negro-afetiva para crianças e jovens desde o ano de 1995, quando publiquei o meu primeiro livro. Sou mestre em Relações Étnico-Raciais, consultora em letramento racial e me dedico, dentro e fora dos livros, ao fomento das discussões e reflexões sobre a temática racial negra. Entendo, então, que a literatura voltada para infâncias com representatividade negra positiva, à medida que atua como "letramento racial", presta um grande serviço educativo, contribuindo, assim, para a tão sonhada sociedade antirracista que desejamos todos nós.

Sendo professora e pedagoga da rede pública municipal do Rio de Janeiro, tive a alegria e a oportunidade de exercer, com muito compromisso, as funções de educadora em espaços distintos durante trinta anos. Foi uma longa e importante experiência que me agregou muito aprendizado pessoal e profissional. O inesquecível educador Paulo Freire nos dizia que ninguém ensina ninguém e ninguém se educa sozinho, nós aprendemos em comunhão. Em comunhão, ao longo dos anos, junto às muitas equipes pedagógicas, estudantes, famílias e funcionários, aprendi, revi e compartilhei saberes dentro do espaço da escola, vivenciando coletivamente a pulsante rotina escolar, rica em trocas de conhecimentos (formais e informais) e afetos. Todo esse aprendizado coletivo atuou como gerador de crescimento pessoal e ampliação de conhecimento de mundo de todos os envolvidos no processo.

Dentre as muitas aprendizagens e reflexões que me atravessaram nesse percurso, destaco, como educadora que fui e escritora que sou, a pertinência e a urgência de se trabalhar com livros que contemplem a diversidade étnico-racial, logo, com uma literatura que seja explicitamente (em texto e imagens) respeitosa com as diferenças raciais e afinada com as orientações emanadas pela Lei nº 10.639/2003 – que prevê a obrigatoriedade para que todas as escolas brasileiras (públicas e particulares) pautem a temática negra, africana e afro-brasileira dentro dos currículos, em conexão com as histórias da luta e resistência do povo negro e a sua contribuição na construção do Brasil.

A partir do entendimento, com a implementação dessa lei, de que havia uma urgência, uma demanda para que os acervos bibliográficos das escolas brasileiras estivessem nesse sentido alinhados, houve uma movimentação dentro do mercado editorial com produções afins à perspectiva de valorização das histórias negras, de maneira que proporcionassem às escolas a obtenção de histórias de matriz africana, afrodescendente, afro-brasileira, entre outras denominações que vieram dar conta de tais especificidades. Ressalto a importância dessa lei como marco legal e como "chave" para instituir, nos territórios educativos e, por conseguinte, nos núcleos familiares, as discussões relativas à temática negra que visam a enfrentar o racismo que existe e insiste em comprometer nossas convivências.

Nesse sentido, costumo dizer que a leitura sempre alimenta ideias e forma mentalidades, daí a grande responsabilidade de quem escreve literatura para crianças e jovens, quem a edita, quem a ilustra e quem faz sua mediação. Portanto, considero fundamental que o mediador de leitura, seja ele um pai, uma mãe ou um professor, tenha consciência da *formação* que o simples ato de partilhar uma história proporciona, do mesmo modo que tenha consciência da eventual "deformação" do leitor e dos danos que leituras estereotipadas e racistas podem vir a causar, para ele e para a sociedade como um todo.

HISTÓRIAS CONTADAS COM AFETO

Como professora e mediadora de leitura, desde a minha primeira experiência em sala de aula, usei o recurso da contação de histórias, pois a oralidade como forma de compartilhar histórias foi naturalmente transmitida a mim pela minha mãe, com quem aprendi o poder das palavras e das histórias contadas com amorosidade como uma das formas de formar leitores de mundo, de contextos diversos e, claro, de livros... Vivenciar essa prática no chão da escola certamente foi o fator preponderante para que eu desejasse me tornar escritora.

O meu primeiro livro publicado, *O menino Nito*, traz a história de um protagonista negro, bonito, criativo, amado, com família, pai, mãe, com médico em casa, cujo enredo buscava desconstruir a ideia machista de proibição em torno da expressão da emoção masculina, além de quebrar alguns paradigmas sobre a representação subalternizada do negro na literatura infantil a partir da imagem desse personagem, que é amado por sua família. O ano era 1995 e eu estava, desde 1988, tentando publicá-lo, mas o mercado editorial, àquela época, mostrava-se pouco receptivo às histórias com personagens e/ou protagonistas negros, principalmente para autores iniciantes.

Essa obra, assim, foi publicada primeiramente pela editora Memórias Futuras em 1995 e, devido à interrupção de suas atividades, foi reeditado pela editora Pallas no ano de 2002. *Nito* foi a pedra inaugural do que veio a ser conceituada, anos depois, de literatura negro-afetiva para crianças e jovens, pois, embora essa característica tenha permeado a minha escrita desde o princípio, somente depois de me tornar conhecida – "um tempo corrido, tempo próprio da vida" –, já estabelecida como escritora e em virtude da minha pesquisa para o Mestrado em Relações Étnico-Raciais (Cefet/RJ), é que pude refletir, elaborar e me apropriar desse conceito que, hoje, distingue a minha literatura.

Até então não havia percebido a característica "negro-afetiva", tão evidente desde este meu primeiro livro e presente em quase toda a minha obra. Tal percepção se deu devido à metodologia escolhida para dissertar sobre minha pesquisa de mestrado. Ela foi fundamentada em uma teoria de cunho autobiográfico conhecida como "a escrita de si", que se apresenta com as seguintes especificidades:

> Falar das próprias experiências formadoras é, pois, de certa maneira, contar a si mesmo a própria história, as suas qualidades pessoais e socioculturais, o valor que se atribui ao que é "vivido" na continuidade temporal do nosso ser psicossomático. Contudo, é também um modo de dizermos que, neste *continuum temporal*, algumas vivências têm uma intensidade particular que se impõe à nossa consciência e delas extrairemos as informações úteis as

> nossas transações conosco próprios e/ou com o nosso ambiente humano e natural. (Josso, 2004, p.48).

Ressalto aqui que ingressar no Mestrado em Relações Étnicos-Raciais agregou muita compreensão para a minha vida como um todo, bem como para o meu fazer de educadora e de escritora. Assim, a pesquisa ganhou corpo e forma, sendo intitulada como *A literatura afro-brasileira como letramento racial e fortalecimento das identidades negras: uma narrativa autobiográfica.* Posso dizer que escrever sobre a própria história é doloroso, mas também libertador e curativo.

Durante a escrita dissertativa, tive a oportunidade de construir um texto que implicou um mergulho profundo em minha vida de professora e de escritora. Pude revisitar toda a minha caminhada juntamente com meus sustos, perdas e ganhos, as minhas fortalezas e minhas fragilidades. Os meus trinta anos de professora negra de escola pública foram repensados, assim como, e muito especificamente, a minha obra literária.

Neste tocante, refleti em relação ao "como?" e "por quê?" escrevia. Naquele momento histórico em que me preparava para ser mestra, foi preciso focar nestas reflexões, transformando-as em objeto de estudo e, a seguir, em texto acadêmico. Isso foi uma experiência marcante e desafiadora para mim, e ainda hoje tal processo reverbera em seus desdobramentos.

Nesse percurso, comecei a divulgar, desde o final de 2019, o termo literatura negro-afetiva para crianças e jovens. Esta nomeação emergiu quase naturalmente, fruto de uma análise profunda (dentro das demandas da escrita da minha dissertação) de toda a minha obra literária desde *O menino Nito*, e de estudos de alguns autores como Cuti e Eliane Debus.

Em entrevistas, encontros presenciais e participações *online*, explicava que meus livros ofereciam essa literatura negro-afetiva por terem muita representatividade negra e muita afetividade nos contextos, quase sempre cotidianos, das histórias que inventava. Cada vez que citava o conceito, criava uma expectativa nos ouvintes e/ou leitores em relação a "onde encontrar a referência do termo e a sua concepção epistemológica propriamente dita?". Esta demanda de ancorar o conceito em alguma revista, livro, publicação, por meio, é claro, de uma construção de escrita alicerçada em seus fundamentos teóricos, passou a ser um desafio e um propósito ao longo daquele tempo.

O conceito novidadeiro "*literatura negro-afetiva*" se configura, então, e se amplia a partir dos estudos do conceito de literatura negro-brasileira de Cuti, e ganha peculiaridades dentro da literatura voltada para crianças e jovens. Cuti diferencia a literatura negro-brasileira, noção criada por ele, de literatura afro-brasileira e afrodescendente:

> O ponto nevrálgico desta diferença é o racismo e seus significados no tocante à manifestação das subjetividades negras, mestiças e brancas. Quais as experiências vividas, que sentimentos nutrem as pessoas, que fantasias, que vivências, que reações, enfim, são experimentadas por elas diante das consequências da discriminação racial e de sua presença psíquica, o preconceito? Esse é o ponto! (2010, p.39).

E continua...

> O sujeito étnico branco do discurso, bloqueia a humanidade da personagem negra, seja promovendo sua invisibilidade, seja tornando-a ou mero adereço das personagens brancas ou apetrecho do cenário natural ou de interior, como uma árvore ou um bicho, um móvel ou qualquer utensilio ou enfeite doméstico. Aparece, mas não tem função, não muda nada, e se o faz é por mera manifestação instintiva, por um acaso. Por isso

> tais personagens não têm história, não tem parentes, surgem quão se tivessem origem no nada. (*Ibidem*, p.88).

Neste ponto e a partir dessas observações, fui tecendo o conceito de "literatura negro-afetiva", fortalecendo a necessidade de atenção e de prestígio que os personagens negros demandavam dentro dos livros voltados para infância e juventude. Nunca mais a desatenção, o descuido, a invisibilidade, o silenciamento e a margem, nem em texto e nem em imagens. Livros que respeitem as infâncias negras. Todas as infâncias importam!

POR UMA LITERATURA NEGRO-AFETIVA

A designação de literatura negro-afetiva para crianças e jovens foi criada como forma de nomear e contemplar a literatura que ofereço aos meus leitores em quase três décadas de escrita literária. O referencial acadêmico foi encontrado nas obras dos autores Cuti e Eliane Debus, pois, cada um desses pesquisadores, de maneira muito singular, contribui para o refinamento da compreensão do "fazer literário" dos/as autores/as negros/as brasileiros/as na contemporaneidade.

Meus estudos também tinham o propósito de acolher e potencializar o protagonismo negro com foco na literatura com temática negra e/ou africana, afetiva e humana, a partir da premissa de que essa literatura pode contribuir para uma convivência inter-racial mais respeitosa e digna entre os brasileiros de todas as idades, visando à construção de uma sociedade não racista.

Nesse sentido, o meu entendimento quanto à expressão "negro-afetiva" é identificado como o sentimento de ***amor***, presente nas linhas e entrelinhas e/ou nas imagens dos meus livros, pelos personagens negros apresentados nas histórias em que escrevo, e que são cuidadosamente ilustrados por ilustradores queridos, que entendem a importância da valorização das identidades negras e, por isso, precisam construir ilustrações transbordantes de humanidade. Representados positivamente nesse espaço artístico singular que é o livro voltado para as infâncias e juventude, esses personagens estão sempre em situação de conforto, respeito e dignidade!

Precisamos entender a urgência de que textos literários com protagonismo negro sejam compartilhados em verso e prosa por meio de livros específicos, com essas características e peculiaridades, isto é, com humanidade e representatividade positiva, ou seja, prestígio, destaque, valorização e respeito à dignidade da pessoa negra. São histórias contadas e ilustradas de modo que a beleza e a força identitária de "ser negro" se faça presente na sua melhor versão: gente bonita, calçada, penteada (com penteados afro-diversos), sorridente, feliz, com família, histórias para contar, vez e voz, isto é, são narrativas negras escritas em primeira pessoa.

Os sentimentos que perpassam esses enredos maravilhosamente enegrecidos são narrativas cheias de ternura, encontradas em ambiências étnicas ou multiétnicas. Anteriormente à criação desse termo/conceito, nomeava meus livros como sendo oriundos de uma literatura afro-brasileira, que, de acordo com Eliane Debus (2017), é a terminologia usada que aponta ser esta uma literatura produzida por escritores afro-brasileiros.

Portanto, podemos dizer que a minha literatura é afro-brasileira em sentido lato, mas negro-afetiva no sentido estrito, em que distingue a minha forma de contar as histórias que escrevo, muitas delas em primeira pessoa e/ou com "marcas de oralidade", que vem a ser um dos "valores civilizatórios afro-brasileiros", como nos ensina Azoilda Trindade, grande intelectual negra da contemporaneidade.

Essas representatividades negras e afetivas na literatura infantojuvenil descortinam oportunidades para a desconstrução de paradigmas literários brancos e hegemônicos, a partir dos quais, infelizmente, ainda se identifica, algumas vezes, uma ausência de personagens negros em protagonismo, evidenciando a invisibilidade e o desprezo pela existência da pessoa negra e exaltando, mais uma vez, a já tão exaltada branquitude, a partir do momento em que reafirma os seus privilégios em detrimento da população negra, que, é bom lembrar, representa a maioria da população brasileira.

Cabe apontar que os estudos étnico-raciais nos levam a entender, por exemplo, o conceito de branquitude (Schucman, 2020) e seus privilégios, e ainda nos permite identificar o racismo nos livros de literatura, nas convivências, em nosso entorno e em nós mesmos. A consciência racial nos impulsiona a tomar posições antirracistas, não permitindo que o racismo se propague ao nosso redor e muito menos que sejamos agentes dessa dinâmica.

Desejo que a partir da compreensão do conceito criado e do que vem a ser uma literatura negro-afetiva, tal entendimento possa fundamentar pesquisadores e críticos literários a nomearem outras obras de outros tantos autores, nacionais e estrangeiros, que tenham em seus textos e/ou imagens as características circunscritas aqui. Meu desejo é o de que o conceito em pauta ganhe outras possibilidades, isto é, que a "literatura negro-afetiva" para crianças e jovens se desloque deste "primeiro pouso" – a minha obra – para alçar outros voos, se tornando, assim, livre para nomear outras escritas, de outros autores com enredos afins.

Espero ainda que todos os envolvidos na engrenagem do "produzir e fazer a circulação dos livros" – editores, livreiros, escritores, ilustradores, professores, contadores de histórias, mediadores, bibliotecários, etc –, mediante as reflexões apontadas e desenvolvidas aqui, sejam capazes de identificar, nas obras literárias voltadas para as infâncias, sua adequação para o urgente e necessário *letramento racial* de que estamos tratando no contexto deste livro.

UM OLHAR CRÍTICO AO MERCADO DO LIVRO

As exigências das Leis nº 10.639/2003 e 11.645/2008 (que incluem questões indígenas) culminaram com o florescimento de um nicho mercadológico gerado a partir da necessidade de produção de livros que tematizem e problematizem as questões étnico-raciais. Dessa forma, além de suas conquistas para a população negra, a promulgação da Lei nº 10.639/2003, especificamente, também potencializou a literatura infantojuvenil afro-brasileira, que ganhou novo fôlego. A lei abraçou e apontou a importância desses livros dentro das relações étnico-raciais como material de diálogo, estudo e contribuição para o letramento racial dos leitores, dentro e fora da convivência escolar.

Cuti faz um apontamento importante em relação à chegada às escolas de um grande volume de obras com temática negra, considerando que, ao instigar os estudantes a novos voos, poderá ocorrer também a revelação de novos talentos de uma vertente infantojuvenil negro-brasileira. Ao mesmo tempo, adverte: "Sem nos iludir, é preciso que o senso crítico acenda suas luzes em face dessa produção, pois o racismo não dá trégua e não poupa as crianças." (Cuti, 2010, p.144).

É certo que o atual cenário ainda está longe do ideal, principalmente quanto à efetivação das leis citadas dentro das escolas, mas estamos no caminho. Reconheço uma visível mudança no cenário editorial de livros para as infâncias. Houve um movimento interessante ao pautar enredos enegrecidos. Todavia, precisamos ficar sempre atentos e críticos para "equívocos" que podem acontecer nesse processo.

Nas bibliotecas e livrarias, é percebida essa presença negra nos livros, tanto na ficção para crianças, jovens e adultos, como para livros de não ficção. É preciso que isso seja celebrado e referenciado em todas as oportunidades. Observo, com alegria, que este é um caminho sem volta. Esta estrada onde o protagonismo negro faz sua presença é fruto de uma militância intelectual negra, especialmente do Movimento Negro Unificado (com já 45 anos de luta), que fez nascer dentro das escolas brasileiras e repercutiu, no mercado editorial, uma lei que, representando o desejo de toda uma raça, está transformando a Educação.

COMO IDENTIFICAR E QUALIFICAR A LITERATURA NEGRO-AFETIVA?

Alguns fatores deverão ser considerados ao se analisar uma obra literária voltada para crianças e jovens na perspectiva da literatura negro-afetiva. Reforço aqui que os analistas das obras literárias devem ler toda a obra com muita atenção e criticamente observar os detalhes das ilustrações. Aliás, essa recomendação vale para a análise crítica de todo e qualquer livro de literatura voltada para infância e juventude. Nunca validar obras inundadas de estereótipos, preconceitos e desprestígios às pluralidades humanas. Nossas crianças e jovens merecem respeito! Não podemos esquecer que livros formam mentalidades e, por conseguinte, formam e transformam pessoas, podendo deformar suas mentes...

O autor não precisa, necessariamente, ser negro ou se autodeclarar como tal. Mas é importante que consideremos que o fato de ser o autor e/ou o ilustrador da obra também negros contribui bastante para uma afirmação identitária mais forte. É a subjetividade negra. Mais uma vez, Cuti nos ajuda na compreensão dessa afirmação quando nos fala de uma inconsciência negra de ser, algo que não é resultado de mera elaboração intelectual, algo que, por ter sido já elaborado, vai além dela. Pertence mesmo ao estar-no-mundo...

Outro aspecto importante é observar se a obra apresenta, em seu enredo, histórias diversas de vivências e experiências carregadas de carinho, ternura, abraços, laços de amizade, rede de afetos, acolhimento, risos, choros e alegria. Mesmo com enredos espinhosos ou temas fraturantes, o amor e o sentimento de pertencimento e acolhimento precisam permear a obra.

Os personagens apresentados deverão ser transbordantes de humanidade, e a obra ainda deverá contemplar diversidade racial, priorizando, no entanto, o protagonismo negro. Esta representatividade negra positiva deverá ser percebida por meio dos textos e das imagens, como também no diálogo entre ambos.

Quanto ao texto propriamente dito, deverá ter, majoritariamente, personagens negros com representatividade positiva, assim como a contemplação da temática africana no que diz respeito à cultura e à religiosidade. A narrativa deverá descrever com respeito os personagens negros, mesmo os vilões e aqueles que não estejam em protagonismo. As descrições referentes às características físicas (fenótipo) e psicológicas dos personagens deverão ser apresentadas buscando exaltar a beleza e a potência dos mesmos, sem desmerecê-los ou humilhá-los.

Reafirmo, então, que os enredos, que são múltiplos e variados, podem suscitar situações de conflitos tal qual a vida real. Conflitos são do humano e fazem parte do cotidiano, além do que são, muitas vezes, momentos de grandes aprendizagens para os envolvidos. Isso faz parte do mundo ficcional, que muitas vezes retrata a via real. Mas é fundamental, na avaliação dessa literatura negro-afetiva, que os personagens negros tenham história própria, com família e com humanidade evidente. As narrativas deverão, sempre que possível, garantir uma ambiência ficcional ancorada no afeto, no amor.

Para se afinar com a literatura negro-afetiva, é preciso que não se perca a humanidade dessas abordagens, se distanciando das atrocidades cometidas aos personagens negros nas literaturas oferecidas à infância e juventude num passado recente. Evidencio aqui a importância do bom senso que deve ter o profissional que avalia os livros de literatura para as infâncias. É preciso "ler as entrelinhas" e as imagens. Atenção especial deverá ser dada também à retratação da narrativa pelo ilustrador, isto é, o reconto imagético do texto. O conjunto da obra tem que ser um abraço para o leitor negro e uma referência positiva para toda a sua comunidade.

LEITURA CRÍTICA NEGRO-AFETIVA?

Este conceito de literatura negro-afetiva para crianças e jovens tem a palavra ***amor*** no centro. E este é um sentimento carregado de humanidade, um ponto de muita importância porque o racista não consegue identificar humanidade na pessoa negra, daí a legitimidade antirracista de livros com essas características. A importância relevante de livros contemplados pelo conceito de literatura negro-afetiva para a formação de crianças negras e "não negras" é muito preciosa. As crianças negras sentirão alegria em se verem representadas e vão se identificar com os personagens, fortalecendo suas identidades. As crianças não negras ficarão felizes também e ampliarão seu conhecimento de mundo, além de terem a oportunidade de desenvolver empatia e afeto pelos personagens de tons de pele diferentes do seu.

No contato com livros dessa categoria, lendo ou ouvindo as histórias (com o livro presente), todas as crianças terão a possibilidade de uma formação pontual no que tange a diversidade racial, na perspectiva de uma sociedade mais respeitosa e cuidadosa com a diversidade.

Em cada criança encontramos a chave do mundo. Por isso o trabalho com as infâncias é tão incrível e mágico – e necessita de muito compromisso e responsabilidade, além de, claro, muito afeto nas palavras ditas, editadas, reeditadas, contadas, escritas e compartilhadas. Palavras dialogadas de coração para coração ficam para sempre na lembrança da gente. A palavra tem muita força. Eu acredito nas forças das palavras! Viva a literatura!

O NEGRO COMO CRIADOR E CRIATURA NA HISTÓRIA DAS HISTÓRIAS EM QUADRINHOS NO BRASIL

Júlio Emílio Braz

Essa é a história da representatividade.
A gente precisa se ver nos lugares pra saber
que a gente pode estar onde quiser estar.

(Iza)

Atualmente um dos mais populares ícones da chamada cultura de massa, as histórias em quadrinhos nem sempre foram essa unanimidade e muito menos escapariam de acusações de toda espécie, sendo a mais recorrente a de serem perigosas e desaconselhadas justamente para aquele público ao qual acabaria associado – as crianças e os adolescentes. Mesmo nos dias de hoje, quando se consolidou, sofisticou-se e assumiu merecido status de arte fundamental e um dos mais apreciados gêneros literários (sim, literário, por que não?), aqui e ali as críticas retornam, bem entendido, não com a força e intensidade de décadas atrás. Nada que, no entanto, seja capaz de diminuir a sua extraordinária capacidade de produzir novos e novos contingentes de leitores, e mesmo de criadores.

A também chamada arte sequencial, onde texto e imagem oportunizam instigante simbiose e sedutora porta de entrada para a leitura, a força da narrativa imagética harmonizando-se com as múltiplas possibilidades da palavra escrita, hoje faz parte do cotidiano cultural de nossa sociedade. No entanto, como já foi dito, nem sempre foi assim. Até mesmo o seu público atual, majoritariamente crianças e jovens, nem se apresentava como alvo das primeiras publicações identificadas com o gênero e surgidas nas primeiras décadas do século XIX na Europa e nos Estados Unidos, visto que o conceito que se tinha de ambos era totalmente diferente, grosso modo vistos meramente como "adultos menores" (algo bem distinto hoje em dia, quando uma grande e lucrativa indústria construiu-se em torno de tal público, para o qual se produz toda a sorte de produtos, onde as histórias em quadrinhos são apenas um de tais incontáveis itens). As primeiras histórias em quadrinhos ainda bebiam na fonte bem mais antiga das caricaturas encontráveis em publicações satíricas e de humor. As charges e cartuns fazem parte da certidão de nascimento dos quadrinhos, inclusive no Brasil, mas estão longe de defini-los.

Como o foco de nosso estudo é precisamente o surgimento e inserção das histórias em quadrinhos em nosso cotidiano, bem como o papel do negro tanto em termos de protagonismo como de autoria, vale salientar que a sua origem é comum ao resto do mundo, ou seja, ainda bem distante de seu formato contemporâneo, ainda associado a publicações de charges e caricaturas.

Em se tratando propriamente das histórias em quadrinhos e ainda bem distantes do formato atual, podemos afirmar sem erro algum que seu marco fundacional está associado à figura de Ângelo Agostini, italiano radicado na cidade do Rio de Janeiro, responsável pela primeira publicação reconhecida como tal e onde apareceriam, mesmo que em papéis secundários, os primeiros personagens negros.

Algo compreensível apesar de o país recém-independente viver sob a égide da infame instituição da Escravidão há quase duzentos anos, mas de qualquer maneira passível de ser classificado como insólito, pois persistia naquele período ainda dominado pelas charges e caricaturas tanto quanto pela onipresença dos negros escravizados, o fato desses últimos serem praticamente ignorados pelos artistas (especialmente os nacionais). Ignorados e, quando vistos, representados de forma estereotipada (como também era possível serem encontrados nas publicações norte-americanas da mesma época, onde também existia a Escravidão), com a característica deformação de traços, pela estreiteza intelectual, e a imagem depreciativa que se faria comum no imaginário nacional.

Raríssimas eram as charges e caricaturas que não apelavam para tais artifícios e dentre os poucos artistas a destoar desse detestável lugar-comum poderíamos identificar o alemão Heinrich Fleiuss e o já citado italiano, Ângelo Agostini, não por acaso, dois abolicionistas de primeira hora e membros ativos do movimento abolicionista que à época dava seus primeiros passos.

Fundador da mais longeva publicação naqueles primeiros anos do gênero no país, a *Semana Ilustrada*, Fleiuss, mesmo quando apresentava personagens negros nas páginas de sua revista, e mesmo mantendo alguns exageros comuns associados à figura do negro na sociedade brasileira da época, distanciava-se da visão imbecilizante, dotando-os de vontade e capacidade crítica sobre sua condição e, principalmente, sobre a sociedade brasileira no geral e com relação à instituição da Escravidão, algo sob todos os aspectos inédito, no que era seguido ainda de maneira mais radical por Agostini nas páginas de outra importante publicação, o jornal *Vida Fluminense*.

A propósito, seria nesse jornal e pelas mãos de Agostini, em 30 de janeiro de 1869 (data que muitos pesquisadores estabelecem como marco inicial da publicação de histórias em quadrinhos no Brasil; outros, no entanto, atribuem tal pioneirismo ao francês Sebastien Auguste Sisson que, radicado no Brasil desde 1852, publicara no jornal *Brasil Ilustrado*, em 15 de outubro de 1855, uma página em narrativa sequencial intitulada *O Namoro, Quadros Ao Vivo*), que se publicaria o primeiro de quatorze capítulos de *As Aventuras de Nhô Quim*.

Finalmente temos uma história em quadrinhos dentro de seus parâmetros mais reconhecidos e, portanto, aceitos: além de possuir personagem fixo, a narrativa não se faz apenas em uma única página, mas em sequência de capítulos ou episódios, sendo os nove primeiros ilustrados pelo próprio Agostini (e publicados entre 1869 e 1870) e os cinco últimos, retomados a partir de 1872, pelas mãos do chargista sergipano Cândido Aragones de Faria, fundador do jornal humorístico *O Mosquito*, entre outros, e um dos grandes nomes da História da Caricatura Brasileira, que buscou manter grande semelhança com o traço de Agostini.

As Aventuras de Nhô Quim ou Impressões de Uma Viagem à Corte narra de maneira bem-humorada a mudança de Nhô Quim, simplório e mesmo ingênuo morador do interior, para a cidade do Rio de Janeiro, então capital do Império Brasileiro, ora se encantando, ora se espantando e, em mais de uma ocasião, se desiludindo ou se assustando com as contradições de uma grande cidade comparada com o bucolismo e as relações mais sinceras do interior do Brasil. Forte e por vezes extremamente ácida em suas críticas aos padrões morais vigentes, seria em suas páginas que encontraríamos os primeiros personagens negros de uma história em quadrinhos genuinamente brasileira.

Tudo teria início com Benedito, criado do personagem que dá nome à série, que, a bem da verdade, desempenha papel secundário na trama, sendo aquele que leva Nhô Quim até a estação ferroviária onde tem início a viagem que o conduz ao Rio de Janeiro. Apesar de estilizados, os personagens negros que encontramos em *Nhô Quim* se diferenciam do modelo vigente naquele período pelos traços bem menos exagerados e por serem destituídos dos estereótipos mais comuns à sua representação. No entanto, a subalternidade social permanece e alcança também a outros tantos personagens igualmente negros que aparecem nos capítulos seguintes, como as duas lavadeiras que são atropeladas pela carruagem dirigida por Nhô Quim, no segundo capítulo, ou por Micaela, Chico e Dona Joana, criados de uma família que Nhô Quim vai visitar no sexto capítulo. Serafim, Úrsula e Joaninha, criados da família XPTO, aparecem no décimo segundo capítulo. Aliás, dentro do espírito que sempre regia as relações sociais entre as etnias no país, nesse capítulo, já sob a responsabilidade de Cândido Aragones de Faria, a pobre Úrsula será assediada e agarrada pelo próprio Nhô Quim no capítulo seguinte. Voltaremos a ver Benedito no capítulo onze, no melhor estilo hitchcockiano, passando por Nhô Quim dentro de uma carruagem apenas por tempo suficiente para que este tenha a impressão de tê-lo visto.

Muito tempo se passaria sem novidades no pequeno universo de possibilidades e interesses dos quadrinhos nacionais até que, já na primeira década do século XX, na infância da República brasileira, surgiria a primeira publicação que poderíamos identificar como interessada e voltada para o público ao qual os quadrinhos ficariam associados, crianças e adolescentes, e o primeiro arremedo de protagonismo de um personagem negro: Giby.

Aparecendo na edição da revista *O Tico-Tico*, de 16 de outubro de 1907 (sem sombra de dúvida a primeira publicação voltada exclusivamente para o público infantil no Brasil), Giby seria criação de J. Carlos, um dos maiores ilustradores e caricaturistas brasileiros, entretanto, em termos estéticos e conceituais continuava repetindo antigos padrões a que era associada a figura do negro no Brasil. Em sua figura ladina e magricela encontraremos todos os antigos estereótipos e generalizações conhecidas e repetidas nas páginas de jornais e revistas mundo afora em se tratando da imagem do negro. Tal qual Sebastiana e Benedito, filhos da cozinheira Florência, empregada na casa de Juquinha, e criações que antecederam à de Giby, seus lábios são exageradamente grossos, os olhos esbugalhados e as grandes orelhas apenas agravam a visão preconceituosa e estupidificante que persiste teimosamente no imaginário da época, acrescentando a ela, como triste moldura, o corpo esguio e desengonçado e os braços e pernas simiescamente longos.

Por conta disso e apesar de um certo protagonismo que avança se comparado à figura do Benedito e dos outros personagens negros de *Nhô Quim*, Giby assume a subalternidade que no imaginário da sociedade brasileira ainda persiste mesmo no pós-Abolição (em certa medida, persistindo até os dias de hoje). Ele é o criado do protagonista branco, companheiro de suas travessuras, o que no âmbito do teatro e, mais recentemente, da televisão e do cinema, definiríamos como "escada". Giby, como tantos outros personagens negros que apareceriam nas páginas de *O Tico-Tico*, com crescente sucesso, vale salientar, tais como o menino Benjamin (1915) e a menina Lamparina (1924), existia única e exclusivamente para propiciar situações engraçadas onde ficasse evidente a ignorância "característica" de "seus corpos simplórios e destituídos de subjetividade", sendo invariavelmente salvos de dificuldades produzidas por sua limitação intelectual pela "inteligência superior" do protagonista branco de plantão.

Aliás, vale salientar sempre esse aspecto encontrável tanto nas histórias em quadrinhos da época, quanto em seus "primos" culturais mais velhos, tais como a literatura e o teatro, e até na então incipiente indústria cinematográfica, qual seja, o do "diagnóstico" sobre a limitação intelectual do negro, seus modos pouco civilizados e, em mais de uma ocasião, selvagens, que aparecem com frequência associados à violência e à sexualidade sem controle (encontráveis com facilidade em livros de autores de sucesso da época tais como os norte-americanos Edgard Rice Burroughs e Jack London; no britânico Rudyiard Kipling e no italiano Emilio Salgari; nos quadrinhos do belga Hergé; na indústria cinematográfica dos Estados Unidos, cuja obra mais paradigmática a respeito é o filme *O Nascimento de Uma Nação*, de D. W. Griffith), imagem potencializada pelo aspecto animalesco das representações gráficas do negro que se multiplicavam nas páginas de jornais, livros e revistas, alcançando inclusive a publicidade até meados dos anos 50 do século XX.

Dentro de tais parâmetros, ainda encontraríamos nas mesmas páginas de *O Tico-Tico* o personagem Azeitona, terceiro membro do grupo completado por seus companheiros Reco-Reco e Bolão, criação de Luís Sá sob a indisfarçável influência das duplas, trios e grupos de crianças travessas surgidas a partir dos *The Katzenjammer Kids* do alemão naturalizado norte-americano Rudolph Dirks, de 1897 (e no Brasil publicado sob vários nomes, sendo o mais conhecido *Os Sobrinhos do Capitão*). Seria ainda criações de Luís Sá os personagens negros Gogô, sempre acompanhado pela girafa Gigi em histórias de uma página, e Maria Fumaça, uma menina negra que era empregada doméstica e estava sempre envolvida em confusões causadas por sua estreiteza intelectual (e por que mais seria?).

O Tico-Tico reinaria absoluta e quase solitariamente como publicação voltada para o público infantil até meados dos anos vinte, quando entrariam em cena os suplementos dominicais de jornais como *A Gazeta* (a "Gazetinha Infantil", 1929), onde voltaremos a lidar com outros personagens negros, no caso, a dupla Paulino e Albina, de Belmonte, a estilização da figura do negro alcançando graus inacreditáveis na figura principalmente da menina, em tudo parecida com mera sombra em que apenas pequenas áreas podem serem vistas, como boca e olhos, de um ser pretensamente humano. Os estereótipos persistem em outros personagens tais como o Bastião de outra dupla, *Bastinho e Bastião*, outra criação de Belmonte, publicada noutro jornal, a *Folha da Manhã*.

A partir desse momento, a produção nacional começa a enfrentar a forte concorrência dos *syndicates* norte-americanos que começaram a despejar sua grande produção pelos quatro cantos do mundo, expulsando não apenas os personagens das publicações que aqui circulavam, mas a própria produção nacional. Na verdade, forçoso admitir que nunca houve realmente um mercado brasileiro para os quadrinhos brasileiros, como de resto, para a arte em geral. Mesmo quando a concorrência era mínima e se fazia pela importação de livros estrangeiros (o que se explicava, em parte, pelo fato de, no alvorecer do século vinte, apenas 6% da população brasileira era leitora, e boa parte em francês), enfrentamos obstáculos estruturais produzidos por uma colonização absolutamente predatória e repressora que na prática transformou o Brasil em uma enorme *plantation*, voltada para a monocultura do momento ou preocupada apenas na exploração de nossas riquezas naturais, o que restringiu ou simplesmente inviabilizou nosso crescimento social, econômico e principalmente cultural. À guisa de breve comparação, enquanto na América espanhola a primeira universidade foi construída em 1551, em Santo Domingo a primeira universidade brasileira só saiu do papel em meados de 1930, já em um país independente e republicano.

Tão sólido investimento no controle e cerceamento social e civilizatório encontraria seu apogeu em 1720, com a proibição de impressoras e a consequente publicação de livros, revistas e jornais na então colônia portuguesa; e vinte anos mais tarde, em outra lei que vedava a existência de Correios e de qualquer comunicação por terra entre as várias regiões brasileiras. Esse atraso fundacional só seria parcialmente superado a partir da chegada da família real portuguesa no Brasil, em 1808, mas seus efeitos nos acompanham até a presente data.

Por quase duas décadas, a produção de quadrinhos nacionais praticamente deixou de existir. A situação se alteraria em meados da década de 50, por ocasião da criação do "Comics Code Authority" estipulado pela CMAA (Comics Magazine Association of America – Associação Americana de Revistas em Quadrinhos). Código de conduta criado na época pelas editoras norte-americanas como forma de autocensura de suas próprias publicações (à semelhança do Código Hayes que regia as atividades cinematográficas naquele país e criado pelos próprios estúdios para evitar a criação de um órgão de censura estatal), era uma forma de resposta a recomendações do Congresso do país e ao clamor moralista provocado pelo psiquiatra Fredric Wertham, que em seu livro *Seduction of the Innocence* fazia pesadas críticas às histórias em quadrinhos, principalmente aquelas voltadas para publicações de terror e de conteúdo erótico ou fortemente pornográfico, responsabilizando-as pelo aumento da violência e da permissividade nos Estados Unidos. Como dependiam da concessão do CCA, tais publicações pararam de ser produzidas e, consequentemente, de serem vendidas até mesmo para outros países.

Tal medida redundaria em um período de grande produtividade no Brasil, tanto em termos do surgimento de novos autores quanto de editoras e publicações, que se estenderia até o início dos anos 90. Aos nomes de profissionais mais antigos como Jayme Cortez, Nico Rosso, Rodolfo Zalla, Kyrio Aragão, em muito pouco tempo veríamos surgir outros tantos, tais como Flávio Colin, Mozart Couto, Ivan Saidenberg, Walmir Amaral, entre outros, e de editoras, por vezes de curta duração, mas de enorme relevância para o renascimento dos quadrinhos nacionais, como a Continental, GEP, Taika, Outubro, e mais tarde, já nos anos oitenta, D'Arte, Press Editorial e o grupo editorial Vecchi, principalmente quando o editor Otacílio Barros conduziu uma exitosa produção de várias publicações de quadrinhos destacadamente de terror, a começar pela revista *Specktro*.

O personagem negro retornaria às páginas de importantes publicações em quadrinhos nesse período, principalmente a partir do fim do material estrangeiro, que envolvia adaptações de clássicos da literatura mundial e àquela época apresentou-se como uma alternativa rentável e isenta de maiores complicações (as críticas aos quadrinhos iniciada nos Estados Unidos também se espalharam pelo Brasil). No auge, tais vendas alcançaram mais de cem mil exemplares em sucessivas reimpressões. O caso mais expressivo na exploração desse filão editorial viria da Editora Brasil-América (Ebal), que diante da falta de material estrangeiro, iniciaria a produção de adaptações de clássicos da literatura brasileira como *O Guarani*, e de autores então contemporâneos como Jorge Amado, muitas delas realizadas pelo ilustrador haitiano André Le Blanc (casado com uma brasileira e radicado no Brasil entre os anos de 1947 e 1969, ele também ilustraria a coleção completa de Monteiro Lobato publicada pela Editora Brasiliense em 1947, com a exceção de *Os Doze Trabalhos de Hércules*, e seria também o responsável pela criação de vários personagens de sucesso como Mister Atômico e Morena Flor). Serão exatamente em tais adaptações dos livros de Jorge Amado que reencontraremos os personagens negros, embora ainda secundários, em apenas 15% da totalidade das adaptações e, acima de tudo, reafirmando o senso comum da persistente subalternidade e reforçando os estereótipos já conhecidos e presentes em publicações desde *Nhô Quim*.

A Escravidão será tema recorrente em muitas delas e ao protagonismo branco se acrescentará um aspecto benigno, salvacionista e civilizatório por conta do estereótipo da limitação intelectual do negro. Entre os pouquíssimos exemplos de verdadeiro protagonismo negro encontrados em tais publicações da Ebal, podemos citar *O Tigre da Abolição*, a biografia do abolicionista José do Patrocínio, número 142 de Edições Maravilhosas, publicado em fevereiro de 1957 e ilustrado por Gil Coimbra e Ivan Wasth Rodrigues, e a biografia de Lima Barreto, número 162 da mesma coleção, publicado em dezembro de 1957.

Ao longo dos anos 60, os personagens negros voltariam às páginas de jornais e revistas brasileiros, tais como o Pelé da série *Pelé e Pelado*. Criação do roteirista Milton Julio e do desenhista argentino Pedro Segui, publicado na revista *Contos de Fadas* da Editora La Selva, na qual Pelé segue a rotina conhecida do personagem nos quadrinhos brasileiros até então: a bordo de clichês mais do que conhecidos, será o amigo inseparável do protagonista branco, será o "escada", cuja função e existência é pura e simplesmente criar situações engraçadas ou perigosas da qual invariavelmente será salvo pelo amigo. O mesmo Milton Julio seria o criador de outro personagem negro, o menino Tião, que transitaria igualmente pelas páginas da revista *Contos de Fadas* e faria "participações especiais" nas histórias de outros personagens como *Frank* e *Bolão e Bolacha*.

Inexiste originalidade na maioria dessas publicações onde encontramos personagens negros. Pouco ou nada é alterado nos anos que separam Giby e Azeitona de seus congêneres das décadas seguintes. Os estereótipos aqui e ali são atenuados e o negro como parte de duplas e trios se repete monotonamente. Até mesmo o papel de "escada" se repete. *Pelé e Pelado*, *Dunduca e Jambolão* de Orlando Pizzi. *Zeca, Poty e Fumaça* de Carlos Cunha (você sabe qual deles é o negro?). Mesmo com o surgimento de grandes e importantes nomes dos quadrinhos nacionais como Maurício de Souza e Ziraldo, pouco ou nada se altera. Na grande quantidade de personagens da *Turma da Mônica* ou na *Turma do Pererê* de Ziraldo, os estereótipos ainda podem ser encontrados, apesar de atenuados. A figura ainda é atrapalhada, "escada", e ainda encontramos evidências de limitação intelectual de tempos em tempos. Mesmo quando é incontestável protagonista, como em *Zé, O Praça Atrapalhado* de Eduardo Pereira, publicado com algum sucesso na revista *SuperPlá*, o "atrapalhado" que o define logo na capa deixa pouca margem para dúvidas sobre o que podemos esperar de seu protagonismo.

Já estamos então em plena ditadura militar instaurada após o golpe de Estado de 31 de março de 1964. Pressionado por manifestações populares cada vez mais frequentes, exigindo o retorno ao regime democrático, o governo decide endurecer o regime, promulgando sucessivos atos institucionais, culminando com o tristemente famoso AI-5 de 1968, que viria a estabelecer forte repressão sobre manifestações políticas e artísticas, a censura atingindo indistintamente a literatura, apresentações musicais e teatrais, e até mesmo o humor gráfico, que, como outras tantas manifestações artísticas, se coloca em oposição à ditadura que se instalara em Brasília.

Chegar às histórias em quadrinhos seria uma questão de tempo, e eram censuradas tanto aquelas voltadas para a crítica política quanto as voltadas para o puro e simples entretenimento, como as publicações de terror. Nada se altera em se tratando da representação do negro e mesmo do seu papel em nossa sociedade, o preconceito racial acrescido da repressão política no seu cotidiano, com o surgimento na década de setenta de movimentos reivindicatórios de óbvia inspiração norte-americana (em que a prisão de consagrados artistas negros como Tony Tornado e Érlon Chaves são os casos mais famosos). Persiste o confinamento aos clichês imagéticos mais comuns: os eternos olhos arregalados, os lábios exageradamente grossos e os longos braços e pernas a acentuar o aspecto simiesco (facilmente associados a ofensas mais corriqueiras como "macaco"), como ainda encontraremos nos trabalhos de importantes cartunistas como Henfil e Edgar Vasques algo que Chinen, em seu *O Negro Nos Quadrinhos Brasileiros*, buscará relativizar, alegando que "apesar de vários autores adotarem tal modelo, os autores exploraram temas e situações que, na maioria dos casos, denunciavam as mazelas sociais, as injustiças e o próprio preconceito e, ao contrário de ser interpretado como demonstração de racismo, tentavam, talvez com as armas erradas e ultrapassadas, combatê-lo", argumentação evidentemente discutível (como se combate o racismo confirmando ou se valendo dele em termos imagéticos que somente validam o senso comum associado a esse mesmo racismo?).

De qualquer forma, a discussão mostrou-se interessante e, em certa medida, estabeleceu uma aproximação entre as histórias em quadrinhos e suas origens, construída nas primeiras publicações voltadas para o humor gráfico. Destaque obrigatório dessa nova faceta ou diluição da fronteira entre quadrinhos e cartuns e charges, o paradigmático Henfil e um grupo de notórios chargistas e cartunistas como Jaguar e Ziraldo que se reuniu na redação do semanário carioca *O Pasquim*, entre 26 de junho de 1969 e 11 de novembro de 1991, têm o mérito de tornar frequente o debate sobre o momento político daquele período, abrindo espaço para a questão racial. Personagens negros frequentavam as páginas do *Pasquim* e de outras publicações da chamada imprensa alternativa. Entre tantos, podemos citar o Preto Que Ri, personagem que ria descontroladamente sempre que se via diante de uma adversidade, ou o polêmico Caboco Mamado, na definição de Chinen, "um velho macumbeiro que mandava para o Cemitério dos Mortos Vivos todos aqueles que, de alguma forma, colaboravam com o regime militar", artifício do qual se valeu Henfil para condenar todos aqueles que na sua opinião apoiavam os militares. Edgar Vasques, notável cartunista e artista gráfico gaúcho, seria outro exemplo. Em *Rango*, uma de suas melhores criações, encontramos novos personagens negros, o menino Jejum e o adulto Prévio, ambos elaborados dentro de conhecidos e contestados parâmetros de representação negra, a começar pelos lábios exageradamente grossos (ocupando quase a totalidade do rosto), embora possamos destacar um pequeno, porém consistente, abandono de outro clichê: a inferioridade intelectual. Acrescentemos ainda o trabalho de outro cartunista, Novaes, que mesmo ainda trabalhando com as antigas e preconceituosas características da representatividade negra, nos apresentariam personagens interessantes, como Luizão e Cotica, da série de tiras *As Coisas da Vida*, publicada em meados da década de 70 no jornal *Folha de Tarde*.

Nos últimos anos da mesma década e no início da década seguinte, a Editora Abril, a mais importante editora brasileira em termos de publicação de histórias em quadrinhos, investiu em ousada proposta de rivalizar com os *syndicates* norte-americanos e buscou estabelecer uma consistente produção de artistas brasileiros aproveitando sua invejável estrutura de distribuição nacional. O projeto da agência distribuidora de quadrinhos seria coordenado por Ruy Perotti e Wagner Augusto, e muitos dentre os melhores autores da época a ele se associariam, tais como o gaúcho Renato Canini, o italiano radicado no Brasil Primaggio Mantovi e o paulista Izomar Camargo. Tiras de publicação diária envolveriam personagens negros e muitas delas conferindo-lhes evidente protagonismo, como é o caso de Giba, de autoria de Henrique de Farias e Paulo Paiva, acrescentando-se que o personagem também quebraria um dos mais persistentes clichês associados a negros, tratando-se de figura extremamente questionadora e igualmente inteligente. Noutra proposta, Saturniano, o protagonista, um extraterrestre de nome P.3014, que vem ao nosso planeta para estudar o comportamento humano, tem como seu anfitrião o negro Cuíca e sua família, o clichê da baixa inteligência sendo abandonado, mas persistindo ainda outros, tais como o dos lábios excepcionalmente grossos, da cabeça desproporcionalmente grande, entre outras idealizações racistas.

Infelizmente, o projeto da agência distribuidora de quadrinhos da Editora Abril teve curta duração, aliás, como outros tantos que buscaram garantir uma certa reserva de mercado para o autor nacional (tal e qual a proposta da Adesp, Associação de Desenhistas de São Paulo, proposta idealizada pelo então presidente Jânio Quadros e outra defendida por Leonel Brizola, na época governador do Rio Grande do Sul, esta última convertida em lei – embora tenha sido abandonada nos primeiros dias do golpe militar de 31 de março de 1964). Os quadrinhos de produção nacional, e com eles os personagens negros, enfrentariam anos de quase desaparecimento, resistindo a partir de publicações em geral de curta duração, como o quase inédito *Casa-grande sem sala*, em que o protagonismo negro não se restringe aos seus personagens mas também ao autor, o cartunista Ykenga (nome artístico de Bonifácio Rodrigues de Mattos), e cuja ação transcorre em uma favela carioca e tem entre seus muitos personagens os negros Joãozinho Tresoitão e Vovô Oba.

Publicadas no semanário *O Pasquim* e nos diários *Última Hora* e *O Dia*, em *Casa-grande sem sala* nos encontramos em uma favela que existe em um tempo em que o cotidiano de seus moradores ainda não era definido pelo tráfico de drogas nem pela violência do Estado representada pela polícia ou forças paramilitares – as milícias. Apesar de encontrarmos a persistência dos conhecidos clichês racistas, percebe-se uma evidente mudança numa visão mais crítica e reflexiva por parte de seus personagens, evidente na abordagem da vida e dos problemas comuns ao cotidiano da comunidade, mas principalmente sobre suas relações com o mundo ao seu redor.

Em *Dr. Baixada*, de Luscar, encontramos nova proposta por maior relevância e consistência na busca de um verdadeiro protagonismo negro nas histórias em quadrinhos, que surge não no justiceiro que dá nome à série de tiras, mas em Piva, menino negro que é seu vizinho e, ao contrário da renitente imagem até então apresentada, desfaz-se poderosamente de inúmeros clichês: ele pensa, problematiza e reflete sobre o mundo em que vive, vivencia uma humanidade cheia de sutilezas e questionamentos. Piva é ainda mais ousado, estabelecendo suas próprias regras no universo de violência que é a Baixada Fluminense dos anos oitenta, equilibrando-se com grande inteligência entre a violência da criminalidade e as estruturas do poder público, facilmente reconhecido por sua ineficiência, avareza e corrupção.

Nas páginas do diário paulistano *O Estado de São Paulo* no mesmo período e em uma das tiras de *Romeu, O Descasado*, de Maringoni, vamos encontrar Zé da Prancha, o ineditismo de um surfista negro que denuncia o cotidiano do racismo em que vive e, ao mesmo tempo, foge mais um pouco da imagem ainda associada ao negro. Da mesma forma, na série *Chiclete Com Banana*, de Angeli, encontramos Moçamba, um percussionista negro que só pensa em cantar e dançar, mas, apesar do aparente retrocesso, em termos psicológicos se distancia do modelo mais comum de estreiteza intelectual que caracterizava o negro até então.

Em meados dos anos oitenta, a ditadura militar agoniza e finalmente acaba, levando consigo seus incontáveis subprodutos, particularmente a censura. Os quadrinhos de terror são os primeiros a respirar os novos ares democráticos e a partir principalmente das páginas das revistas da Editora Vecchi, importantes nomes da autoria negra, como os ilustradores Valfs Ferreira e Paciência, e o roteirista Júlio Emílio Braz, entre outros, trazem consigo o fim dos estereótipos que acompanhavam os personagens negros por séculos.

*

De modo geral, podemos afirmar que a partir dos anos oitenta, mesmo não se evidenciando um crescimento significativo do protagonismo negro, podemos admitir uma mudança que evoluiu em amplos setores da cultura nacional. Os clichês perdem-se na distância, apesar de ainda persistirem no dia a dia do país e se tornarem até mais corriqueiros à medida que as reivindicações da população negra se tornam tão frequentes quanto suas conquistas. A humanidade não desfaz automaticamente o estigma da cor, mas não a torna mais empecilho e a autoria negra cresce.

O protagonismo se consolida definitivamente nos últimos anos do século XX e avança pelas duas primeiras décadas do século seguinte, quando o negro começa a contar a sua história e apresentar seus personagens igualmente negros mundo afora, seja na narrativa histórica de Maurício Pestana, como *A Revolta dos Malês* ou *A Revolta da Chibata*, seja nas páginas dos novíssimos Marcelo D'Salete, Ana Cardoso, Rafael Calça etc., etc.

A lista se torna mais e mais interminável, da mesma forma que a visão que se tem hoje em dia das histórias em quadrinhos. Parafraseando o Hino da Independência, "longe vai temor servil" e hoje os quadrinhos são efetivamente literatura e, quase sempre, de boa qualidade. Um instrumento valioso e iniciático de crianças na leitura, sedutora narrativa sequencial que seduz pela multiplicidade imagética e complexidade textual que vai do mangá japonês, ao espanhol, aos intelectualíssimos *fumetti* italiano e *bande designée* francês até os *blockbusters* norte-americanos de super-heróis que encantam.

Dos temores e preconceitos que provocavam em meados dos anos 50 mundo afora, hoje os quadrinhos se apresentam como literatura de grande qualidade, como disse anteriormente, porta de entrada que se abre para incontáveis direções, os primeiros passos de uma jornada que nunca termina e ouso definir como literatura. Um multiverso que se abre para as páginas dos livros, mas também se liga os audiolivros, sinaliza com as possibilidades do audiovisual e mesmo das narrativas encontráveis nos melhores videogames do mercado.

ANÁLISE CRÍTICA NÃO É CENSURA: PUBLICAR, MEDIAR E ESCREVER LITERATURA PARA CRIANÇAS

Heloisa Pires Lima

O malabarismo de palavras é a dinâmica principal dos fabricantes de redemoinhos.

(Heloisa Pires Lima)

Toda escritora ou escritor sabe que a razão perde feio para as entranhas da alma das letras. E, tal qual a vida real, o subconsciente interage seja para o enredo, seja para os personagens. Portanto, examinar um projeto literário é o mesmo que esquadrinhar uma sociedade. E já tomando o embate racial como proposta deste ensaio, ele oscila entre tendências mais conservadoras ou mais revolucionárias, tomando por critério a ampliação da cidadania e a justiça social. A propensão dependerá do enfrentamento coletivo sobre a matéria até ela emergir como pauta pública. Por isso, uma obra artística resguarda, para analistas, o nível de autoconhecimento e o da percepção do outro como instantes da autoria nessa peleja.

Vale, também, destacar ser o livro um produto de mercado de longa duração. Não há dicotomia entre ser expressão cultural e também comercial. O livro tem um custo e, de fato, ele se relaciona com quem o acolhe. Pode ser uma livraria, uma biblioteca de quarto, de sala de aula, uma política pública, etc., escolha essa também nunca aplicada no vazio. Acompanhando a perspectiva editorial da última década, demandas e mais demandas de assuntos impõem disputas acaloradas, em busca de leitores e leitoras atrelados a nichos identitários. É como se a tendência do que publicar notasse perfis da população antes nunca percebidos pelas editoras. Além do mais, a tecnologia de produtividade trançada com a das redes sociais vem facilitando o acesso para quem lê e para quem escreve. Todavia, a abordagem para cada um desses horizontes não pode passar a ideia de uma varinha mágica resolvendo impasses. Há muito ativismo engendrado no passado e para os tempos que hão de vir. Pois, uma terceira nuança precisa destacar tanto a representação como a representatividade posta na origem africana. Afirmada como movimento negro, gera um fluxo de ações protagonizadas por uma coletividade que não anda só. Uma série de questões foram postas, historicamente, na mesa, foram fortalecidas por estratégias que não deixavam perder de vista o comunitário. Isso porque o legado simbólico da escravidão reverbera, ainda com muita violência, na materialidade da sociedade brasileira. Ora, se o literário é gerado na existência daquele que escreve, o ali dito pode tanto facilitar que os que o leem levem adiante pensamentos racistas quanto inspirar formas de derrubá-los. E a aparente singeleza de alguma ficção para a gurizada não está fora dessa dinâmica. Atuando nessa área desde 1995[1], acredito poder contribuir para o desafio proposto por esta coletânea acerca da relação livro e antirracismo.

IMAGINÁRIO E ORIGENS CONTINENTAIS

Considerando o aspecto incógnito de uma obra de arte, neste caso o livro, submetida ao mercado e às dinâmicas do racismo, enquanto diferentes sensibilidades antirracistas olham para ela, há uma sequência de questões com as quais o Brasil vem lidando. Elenquei algumas conforme as tenho observado.

Primeiramente, o debate acerca do antirracismo já correu o risco de cair em chaves universalistas sob a alegação de sermos todos humanos, pois que mesclados biologicamente. A dificuldade para identificar particularidades em tempos de DNA tornava o enunciado sempre verdadeiro. No entanto, ele estava fora do lugar. Circunscrevendo o literário, os personagens e ambientes remetiam às origens continentais. Idealizados, pois esse é o campo do imaginário. Porém, os sinais, positivos ou negativos, fornecidos para cada identidade imaginada é o que importa mais. Sobretudo por serem atuantes como

[1] Ano em que coordenei a coleção "Orgulho da Raça" da Editora Memórias Futuras, no Rio de Janeiro.

comportamento na vida real. Nesse mecanismo eu posso supor várias origens na composição de minha autoimagem mesmo que algumas possam estar mais aparentes que outras. E são os sentidos associados em certo instante que levam o lá dentro de mim a ter orgulho de uma ascendência e vergonha ou desprezo por outra. Isso quer dizer que a ideia de miscigenação biológica usada, sobremaneira, para impedir políticas afirmativas caiu por terra. Somos um leque de aparências e culturas. Todavia, sem valorizações idênticas.

Então, se a peleja entre racismos e antirracismos quer jogar luz sobre o ignorado, é previsível diminuir ignorâncias. Por essa via, o literário como aparato lúdico disponibilizado desde a creche para bebês ganhou destaque. Nas fases iniciais, ele traz mensagens via mediação de leitura ou através da ilustração exibida. Meu neto de três anos, emocionado, aponta partes da história deixando ver o que lhe chamou a atenção. Para a faixa infantil, a visualidade é um componente valoroso para explorar a relação com o livro. O repertório introduzido fica entre o que a criança escuta e a leitura direta das imagens interposta pelo suporte das artes gráficas que o arquitetou. Considerando o histórico das representações tendo a origem africana para a primeira infância, o que prevaleceu, por muito tempo, ou foi a invisibilidade ou a estereotipia, o clichê, alinhados a discursos racistas. Logo, uma inversão cultural na especificidade das bibliotecas foi potencializada.

O problema é que nem sempre as formulações escondidas numa peça ficam explícitas no contato corriqueiro. Uma análise crítica bem fundamentada é capaz de revelar argumentos racistas contidos na narrativa assinada por uma autoria. No entanto, o exame já foi selado como censura. Mas, a cadeia editorial como um todo, na urgência antirracista, passou por momentos de muita aprendizagem. A exigência criteriosa auxiliada pela Lei nº 10639/03 propiciou aprendizagem para a seleção de títulos não racistas. As reivindicações da coletividade educacional, no recorte aqui trabalhado, demonstraram a importância do Estado comprometido com a causa do antirracismo. A partir da legislação, os acervos tenderam a referenciar constantes ausências. Cada ambiente educativo, público ou privado, precisou responder ao requisito legal. E a grande escala, paulatinamente, vem resultando em avanços municipais. O literário, não apenas ele em si, mas como parte das formações para o uso do material de apoio à lei. E, na intersecção com as demandas por pontos de vista, como autorias, traduções, ilustrações, designers, as compras públicas ampliaram os bastidores para uma maior presença da população negra nas criações. Apesar de que, tendo por parâmetro o critério de expansão da cidadania, a onda conservadora contra-atacou, sempre fazendo retroceder e, muitas vezes destruindo conquistas históricas antirracistas. E tais núcleos duros, pensando no recorte dos ambientes educativos, são os que mais precisavam ser trabalhados.

LABORATÓRIOS METODOLÓGICOS

Educadora desde a juventude, aprendi a escutar as infâncias e juventudes para intervir com mais solidez nas ações educativas. Afinal, como sempre digo, educar é atentar para o interesse deles em algum detalhe do mundo para depois desdobrarmos, juntos, a produção de conhecimento acerca do detalhe. Uma mínima roda de histórias pode expor o contraste entre pontos de vista sobre a vida e o mundo ao redor, influenciando as concepções em processo individual e coletivo. E com adultos não é diferente. Sobre racismos e antirracismos, eu acompanhei opiniões amadurecerem, começarem a pensar no assunto, e vi o derretimento de ideias e ideais cristalizados acerca do pleito. Foi o que me fez descobrir que as atividades que partam do sensível são facilitadoras para as resistências, as boas e as ruins. Pondero perceber a vida em suas múltiplas tridimensionalidades. O linear, o literal, a polarização não ajudam a diminuir a crueldade do pensamento racista. É preciso a mudança profunda e geradora de ação. Por isso, nada de chegar com discursos prontos e amarrados. A novidade local é a riqueza, pois brota exibindo um ângulo, um impasse a mais. A intenção aqui não é indicar fórmulas prontas, mas trazer um pouco dos muitos anos sob o desafio de construir metodologias que agilizassem o entendimento em matéria tão negligenciada nos cursos de pedagogia, em faculdades de educação.

Lembrar-se do livro remoto ao qual tivemos acesso nas nossas infâncias acelerava a percepção da importância das obras permanecidas na memória afetiva. Em seguida, eu propunha procurar nelas quais referências aos continentes nesse patrimônio individual. Logicamente idealizados, pois ao aludir ao asiático vem à mente olhos puxados e nunca pele negra, o que pode ocorrer na realidade. Mas, a tônica emocional era o ponto de partida do exercício de estabelecer relações entre experiências pessoais com livros. De percepção imediata, entre os personagens e ambientes que habitaram as bibliotecas de nossas infâncias, 89,9 % tinham a origem europeia em detrimento das demais. A situação era perfeita para o bordão: "Se a literatura é uma janela para o mundo, tá faltando mundo aí". E assim, a ponte para o caso da origem africana, em seus dinamismos diaspóricos, levava a identificar elementos presentes na composição das lembranças. E revisitar o passado individual, facilitava perceber a "infância" da sociedade brasileira. Alguns dos títulos que, desde o século XIX, habitaram o imaginário de gerações na procedência africana eu apresentava a partir do trabalho dos ilustradores. Ler as imagens iluminava o que antes passava despercebido, em especial nos clássicos desse circuito. Chegar junto na percepção era fundamental, com espaço para a defesa das mesmas. É preciso considerar a afetividade na instância do rememorar sem largar a demonstração do racismo ali engendrado. O se deparar com trechos visuais racistas seguia com o processo de elaborar justificativas. A mais usada estava em serem obras resultantes de certo contexto. Hora, então, de problematizar a ideia de determinismo social contido na visão. Basta contrapor outra antirracista de mesmo período.

O momento de reagir alegando censura parecia mais uma tentativa de lidar com o demonstrável nos pareceres, exponenciando um conceito mais forte. No entanto, se era possível dizer que toda obra oferta aspectos para infinitas leituras, por que o do racismo teria que ser obstruído e taxado como censura? Eu mesma contribuí com artigos analíticos, a partir de vários casos[2]. Uma análise crítica pode resultar em censura? Sim e não, se atrelada a regulações contemporâneas. Sacar armas discursivas não é apenas liberdade de expressão. Problematizar sentidos é indicar o quanto eles são suporte para estruturas de dominação. A perspectiva que dissolve a cortina de fumaça está na busca de ampliar a cidadania. E toda crítica se vale enquanto se sustenta em fundamentação. Já o livro racista, com todo o seu veneno, não será mais percebido como neutro. O reuso impactará décadas à frente. E até a premissa de levar crianças a lerem e criticarem o texto racista carece de muita empatia, pois as infâncias não estão submetidas aos mesmos graus de violência. A cidadania relacionada ao segmento negro da população não é plena. Uma criança negra é submetida a inúmeros racismos cotidianos. É necessário fazer valer o direito dela de não ser submetida a

[2] Lima, Heloisa Pires – ver, entre outros:
https://www.cartacapital.com.br/educacao/o-caso-peppa-em-10 capitulos-racismo-ou-censura/ (acesso em: 11 de nov. de 2024).
https://emilia.org.br/quando-a-afro-bibliodiversidade-le-monteiro-lobato/ (acesso em: 11 de nov. de 2024).
https://revistaforum.com.br/blogs/blog-da-maria-fr/2011/3/8/heloisa-pires-ziraldo-lobato-no-desenho-do-racismo-brasileira-44492.html (acesso em: 11 de nov. de 2024).
https://www.geledes.org.br/lobato-e-cacada-ao-racismo-verde-amarelo-por-heloisa-pires-lima/ (acesso em: 11 de nov. de 2024).

constrangimentos validados em sala de aula. E interromper o ciclo em que a criança não negra se constrói hierarquicamente superior, que talvez não houvesse anteriormente ao contato nefasto. É como contar uma piada racista, sendo que ela contribui muito para a internalização de preconceitos. Importante, então, ressaltar que a faixa etária importa. Mais novas, provavelmente mais vulneráveis a essa dinâmica.

E, assim como essas, outras inúmeras nuanças da questão principal surgiam e sempre surgirão. Mas foi importante ir além da crítica a textos racistas e apresentar narrativas antirracistas. Primeiro, porque o envolvimento aumenta, pois não estaciona na culpa, a priori, ou na reparação pelo histórico da escravidão. É o momento do literário. Há muita produção bem cuidada, não fazendo sentido ficar valorizando textos racistas. E, no meu processo atuando na área de Educação, também fui me tornando ora editora, ora escritora, e me interessando pelas respostas construídas por outras autorias anteriores a mim. Vale, no entanto, recordar o sucesso de um dos meus livros – *A semente que veio da África* (2005). O motivo central: levar a perceber o fato de a África não ser um país. Para refutar essa recorrência, eu convidei o escritor moçambicano Mário Lemos e Georges Gneka, da Costa do Marfim. As diferentes matrizes culturais atribuíam nomes diferentes para a mesma planta. A narrativa oral inspirada nela, os jogos lógico-matemáticos a partir das sementes do fruto dela, a expressão artística relacionada, tudo abastecia desdobramentos de atividades educativas, além da peculiaridade botânica de a planta viver mais de mil anos. Não sendo um livro informativo, a arquitetura dele possibilitava, ludicamente, trabalhar para a noção de diversidade africana. Outro, o *Lendas da África Moderna* (2010), atualizava a visão do continente, para que não ficasse apenas no passado. E assim, cada obra respondia ludicamente como apresentar essa origem continental. Mais recentemente, tenho me dedicado aos muito novos, como bebês e crianças até 5 anos.

O REI QUE ASSOBIAVA

Para o educador, ou educadora, a interlocução com quem publica o livro talvez enriqueça a conexão com esse objeto. Igualmente com quem escreve, ilustra, cria a forma de apresentar o conteúdo. Prospectando o Brasilzão rural, a tradição do livro é recente e não está consolidada dentro das casas. Ainda mais com a vigorosa oralidade existente no país. E se os exemplares circulam por curtos momentos, o poder de estar nos recintos enquanto vivência artística ainda é um processo diminuto, mesmo em espaços escolares. Dá para dizer que repertórios magníficos ainda não obtiveram o formato de livro. Novas gerações estão ocupando esse espaço. E não estou falando de crianças leitoras, mas, os adultos com iniciativas de produção de livros. Este é o verdadeiro treino para diminuir a prevalência de clichês e estereotipias difíceis de serem retiradas do imaginário brasileiro. E para imaginar um lugar chamado África, eu criei *O rei que assobiava*.

O livro que desafia para o assobio quer brincar com as primeiras leituras. E tudo vira desculpa para despertar sonoridades durante os instantes de uma vivência, sempre única para quem dela participar. A proposta encontrou um formato 17 x 17 que lembra uma caixinha delicada para o tamanho das mãozinhas. Capa dura para resistir, papel certificado pela FSC, selo verde para preservar.

O conteúdo é universal, pois sempre pode haver um rei que assobia em algum lugar do planeta. Mas é a narrativa visual assinada por Flávia Carvalho, o destaque. E nela, a chance de trazer um lugar chamado África. A inspiração parte do real, ou seja, as diversas expressões artísticas encontradas naquela região. Porém, o trabalho não resulta cópia, mas releituras cuidadosas desses fragmentos para expandir o maravilhamento, como é feito nos contos de fadas.

Desta vez, Flávia recria o imaginário inspirado, no entanto, em elementos fornecidos por aquela realidade. Que África é essa?

PISTAS PARA AS REFERÊNCIAS

A fisionomia e a expressão corporal do cavalinho correndo resultou de estudos a partir de um bastão de marfim, incrustado de pedras preciosas, em patrimônio de arte egípcia datada de 1390-1353 a.C. (Dinastia 18, reino de Amenhotep III)[3].

Figura 1 – *O rei que assobiava* (editora Passarinho, 2021)

[3] https://commons.wikimedia.org/wiki/File:Whip_handle_in_the_shape_of_a_horse_Dynasty_18_Egypt_1400_BCE_tinted_ivory_glass_inlay_(673952639).jpg (acesso em: 11 de nov. de 2024).

Há ainda, para reparo no desenho, o que está suscitado na arte equestre africana ao esbanjar adornos, além da destreza no relacionamento com o animal. Aqui, a sela equestre seleciona a padronagem encontrada nos tecidos e pinturas de parede tão próprios do continente.

O detalhe da cruz do manto do reizinho, remete à cruz associada ao Preste João. O manto do reizinho evoca a nuança de um antiquíssimo cristianismo, em África, na direção da atual Etiópia. Flávia foi buscar o soberano negro presente no fabulário medieval da região de nome Preste João. Os relatos de um rei extraordinário em domínios e riquezas atravessaram os séculos. Dono de saberes mágicos, é sugerida uma associação mais funda: à figura do rei mago negro, conhecido, por aqui, como Baltazar. Recordando a simbologia, o personagem africano, ao lado do europeu e do asiático, afirmaria a cristandade quando reconhece o menino Jesus, interpretação essa em voga a partir do século XVI. Portanto, não existe a religião africana. São muitas as religiosidades viventes por lá.

Mas a realeza também pode estar na coroa africana distinta de qualquer europeia. A leitura adorável de Flávia teve como musa a rainha Bangwa de

Figura 2 – Ilustração inspirada na coroa da rainha Bangwa de Camarões

Camarões a partir de uma escultura do século XIX[4]. E assim, a sensibilidade da ilustradora segue condensando conceitos sob a particularidade de uma África real, mas com a engenhosidade da reconstrução estética e própria do estilo da artista.

---

[4] https://www.uol.com.br/tilt/ultimas-noticias/bbc/2018/11/25/os-tesouros-roubados-da-africa-que-foram-parar-em-museus-da-europa-e-dos-eua.htm (acesso em: 11 de nov. de 2024).

Figura 3 – O cosmos do rei que assobiava

Da mesma forma, o cosmos do reizinho que ela criou todo preenchido por símbolos adinkra. Trata-se de uma linguagem de ideogramas africanos criados pela sociedade Akan, ao noroeste do continente, que recuperam valores tradicionais para resguardar mensagens ao futuro.

Eis alguns adinkras que ela elegeu para entrar na abóboda livresca:

Sesa wo suban: a roda em movimento contínuo carrega internamente a estrelinha da manhã que aponta o novo dia. A junção indica uma autorreflexão constante diante de mudanças inexoráveis. Mude o que está por vir!

Osram ne nsoromma: reúne dois elementos da criação: a lua cheia, que, poderosa, ilumina o anoitecer, e as estrelas que são as crianças do cosmo.

Asase Ye Duru: a Terra não pesa mesmo sustentando o mar.

Ananse ntontan: a sabedoria da aranha.

Além de adinkras, o mediador da leitura pode saber que convivem nesse espaço sideral constelações para serem observadas como fazia a sociedade Dogon da região do Mali. Sobre eles é dito deterem, em sua vasta ancestralidade, o conhecimento sobre a estrela Sírius, sendo que o ocidente só veio a descobri-la no século XIX.

Também da sociedade Dogon veio o modelo de embarcação com a face de animais, conforme criam por lá. Guiada pelo bronze de um crocodilo[5], a ilustradora se dedicou à escolha perfeita para a cena da travessia das águas, criando um barco--cavalo enquanto assobiava.

Outro lampejo partiu da máscara ritual Tiwara, da sociedade Bambara, hoje na região do Senegal, Burquina Faso e Mali[6].

O antílope, emblema de madeira, é vestido para uma dança que celebra a união do sol com o solo arado pelos chifres do animal. De ambas as forças resultaria a fertilidade. Na nova fábula criada por Flávia, ela busca transportar, idilicamente, o cavalinho do rei com o raio de sol. Menção preciosa!

Figura 4 – Ilustração inspirada na máscara Tiwara

[5] Ver, entre outros, o site: https://www.zyama.com/dogon/A601 dogon.jpg (acesso em: jul. de 2024).

[6] https://teses.usp.br/teses/disponiveis/71/71131/tde-05072007-102226/publico/04CADERNOIIIDEIMAGENSREV.pdf (acesso em: jul. de 2024).

E por que não derramar nas páginas de sonhos a arte rupestre espalhada pelo Chade, Namíbia, Niger ou, Zimbábue, entre outros, com cavalinhos de inspiração real a formar um pano de fundo para camadas da imaginação?

E, antes do assobiar apagar as estrelinhas da história, que tal olhar um pouco para a lua? Desta vez a brancura do satélite celestial recebeu a aparência de uma pessoa negra. Afinal, as luas antropomorfizadas que entram para os livros quase sempre aludem como modelo de humanidade à

Figura 5 – Ilustração em *O rei que assobiava*

origem continental europeia. E por que não puxar novas possibilidades?

ACERVOS LITERÁRIOS AFRO-REFERENCIADOS

Voltamos às janelas abertas, ou fechadas para alguns mundos. Sobretudo, para uma reflexão acerca dos materiais que cobiçam a audiência da idade infantil. De fato, uma obra é capaz de transportar mensagens, sempre sob uma certa ótica cultural. Nenhum texto é pura neutralidade. As imagens por escrito conversam com as ilustrações e fazem surgir o cenário, o figurino, o lugar onde os personagens aparecem posicionados, o relacionamento entre eles, a ambientação emocional e tantas outras impressões de conjunto. Parecendo uma obviedade, ter a consciência do quanto essas composições aludem a padrões de humanidade já é um começo salutar. Uma das metodologias exitosas que costumava aplicar começava com a figura do Pato Donald. Perguntando se ele seria um pato, o grupo sempre alargava o entendimento de que seria um homem jovem, pela vestimenta não tão rico como o tio, com certa personalidade, profissional da marinha, tinha namorada e, principalmente, jamais ásio- ou afrodescendente. Com a curiosidade em alta, descobriam até o nome do personagem: Donald Fauntleroy Duck (1934), na criação do estúdio Walt Disney. O exercício retirava a ingenuidade do olhar para leituras seguintes.

Nessa gradação de características, há muito pouco tempo, o acervo de livros, brinquedos, videotecas, ou mesmo concepções na montagem de exposições vem ofertando representações mais diversas, quebrando a hegemonia do humano europeu tornado o representante de toda a humanidade. A gravidade está em que quanto mais próximos ou mais afastados desse padrão, a referência também perde ou ganha em humanidade. E aí está a importância tanto da análise crítica quanto das produções de materiais levarem-nos em conta. É uma chance para equipar a responsabilidade adulta sobre as idades em formação quando exploram a riqueza cultural humana.

E nessa cavalgada, *O Rei que assobiava* redistribui o mundo africano de Flávia Carvalho, sensível a trechos de múltiplas Áfricas. Obviamente, o leitor ou leitora não depende dos conteúdos elencados neste ensaio para vivenciar a afetividade da proposta estética. A pesquisa é nossa, minha e de Flávia, que finalizou uma particular imagem de África no pequenino percurso, do herói real. Flávia parte de referências daquela realidade, mas as reapresenta estilizadas como se faz nos contos para a primeira infância. Afinal, não é assim a morada, o figurino, a geografia, os adereços em qualquer livro clássico? Embora o continente negro seja precioso em belezas culturais, expressivo por meio de linguagens em tecidos, barros, metais, couro, madeira, é comum abastecer a origem africana com estereotipias ralas. O desafio está na densidade das narrativas que têm o lúdico a seu favor.

O mediador da leitura, conhecendo o processo de elaboração, também pode somá-la ao que já conhece e ser desafiado a conhecer mais. Enfim, são contatos iniciais que privilegiam, como o caso do assobio interativo, uma inversão cultural em que, parecendo mera singeleza, também operam para a autoestima negra na identidade de ser brasileiro.

Diante disso tudo, digo que a crítica pode refinar imagens para o devir e não é justo o selo de censura ser usado para a encobrir. O narrar racista naturalizado segue uma estratégia de poder. Já passou da hora de trocar livros racistas, pregações insistentes em manter a perversidade antiga.

Vamos abrir janelas para antirracismos, assumindo a evidência das relações raciais nos acervos de livros. O fortalecimento da cidadania, sempre considerando o histórico de injustiça social, pode ter numa obra artística com lastro nessa direção uma companhia gigante de consciência hoje que impactará o futuro.

MEDIAÇÕES

letramento racial nas escolas

Não precisamos de heróis,
precisamos de boas histórias.

(Marcelo D'Salete)

Na busca por uma educação antirracista pautada pelo letramento racial, é importante que os/as professores/as façam a curadoria dos livros que estarão disponíveis às crianças na biblioteca escolar, na sala de leitura e na sala de aula. Para tanto, é necessário trabalhar para a noção de diversidade africana e as diversas expressões artísticas encontradas naquele continente, bem como selecionar obras que tragam representatividade e protagonismo negro com questões atuais, que evidenciam as belezas, os afetos, as emoções, as relações familiares, a ancestralidade, as culturas e as contribuições negro-brasileiras, a fim de que as crianças tenham, por meio da literatura infantojuvenil, referências positivas que, durante muito tempo, lhes foram negadas.

Para contribuir com essas e outras reflexões, seguem algumas sugestões de mediações de leitura e práticas literárias que promovam a aquisição, cada vez maior, de um acervo plural, capaz de atender ao letramento racial nas escolas.

Para começar a conversar, apresentamos um roteiro de indagações que precisam ser feitas diante de um livro de caráter duvidoso, afinal, o racismo estrutural pode passar despercebido.

1. Verificar as ilustrações: Os personagens negros são retratados normalmente, sem traços exagerados ou sorridentes e felizes apesar das duras condições do contexto exposto?

2. Analisar o desenrolar da ação: Quem está fazendo o quê? Os negros são mostrados em papéis de liderança ou de submissão? São apresentados como indivíduos com seus próprios pensamentos, emoções e ideias, ou todos agem da mesma forma?

3. Conferir resoluções: Os personagens negros resolvem seus problemas através do próprio esforço ou somente com a intervenção de uma pessoa branca?

4. Observar as relações: Os negros aparecem sempre em papéis secundários e incapazes de tomar decisões importantes?

5. Considerar os efeitos num jovem leitor negro: existem personagens com os quais a criança negra possa realmente se identificar ou o livro reforça apenas imagens negativas?

6. Prestar atenção no vocabulário: as palavras usadas para descrever os personagens, ações, aparência física, costumes e estilo de vida são ofensivas ou degradantes?

7. Pesquisar HQs com personagens negros identificando quais a criança negra possa realmente se identificar e quais reforçam os estereótipos negativos e/ ou preconceitos.

8. Verificar a data da publicação: são recentes os livros que tratam da temática negra com o devido respeito, assertividade e afeto. No entanto, atenção, isso não quer dizer que um livro atual seja livre de preconceito. Fazer sempre uma curadoria cuidadosa antes de levar o livro ao espaço escolar.

Algumas ideias para mediações afirmativas

1. Averiguar traços culturais, em obras literárias, percebendo como a cultura negra, em seus múltiplos aspectos, é representada, como são apresentados os personagens africanos, considerando que África é um grande continente e não um país

2. Realizar uma pesquisa sobre os marcos legais que visam garantir os direitos da população afrodescendente no Brasil. O(a) mediador(a) poderá orientar os estudantes a localizar essas informações em sites de busca, como o Google, entre outros. Com as informações coletadas, conversar sobre quais são os marcos mais significativos para o grupo e, a partir deles, elaborar uma linha do tempo, na qual deverão constar número e data de publicação, finalidade e impactos sociais. O trabalho poderá ser feito de forma digital ou analógica e poderá ser utilizado para consultas e para subsidiar outros debates.

3. Incentivar os leitores a pensar e a inferir, a partir da leitura visual dos elementos postos na composição de obras com personagens negros, sobre a afetividade apreciativa que pode permear a narrativa, ou não.

4. Realizar um levantamento das obras que trazem protagonismo e representatividade negro-afetiva e tematizam a cultura afro-brasileira e africana utilizando elementos paratextuais (quarta capa, orelhas ou apresentações) como base para abrir conversas em rodas de leitura, ou pequenos relatos orais sobre as obras selecionadas.

5. Verificar, nas ilustrações, a representação de personagens negros retratados em situações cotidianas, com representatividades positivas sobre suas belezas, saberes, culturas, afetividades e famílias contemporâneas.

6. Promover por meio de leituras literárias o reconhecimento da cosmovisão africana, seus mitos de origem, valores civilizatórios e expressões culturais. Focar no eixo da ancestralidade, da diversidade religiosa e do sagrado feminino, com o propósito de ampliar os temas e conteúdos relacionados aos saberes e conhecimentos tradicionalmente herdados da cultura africana, destacando seus legados como parte integrante da formação cultural de todos os brasileiros, negros ou não.

7. Transformar uma obra literária de autoria ou temática negra em HQ.

8. Apresentar personagens negras da literatura, da música, das ciências e das artes com o propósito de ressaltar a intelectualidade e a importância de pessoas negras no desenvolvimento da humanidade. As rodas de conversa é um bom momento para abordar interesses e permitir a partilha.

9. Pesquisar os significados dos nomes de personagens negros em histórias que trazem protagonistas com nomes de origem africana, identificando suas origens e significados. A partir desse levantamento, fazer a partilha dos significados dos nomes das crianças da turma e a forma como elas se identificam com esses significados.

10. Selecionar obras com personagens e protagonistas com os quais as crianças negras possam realmente se identificar positivamente.

11. Organizar um evento literário, na escola, em homenagem a um/a escritor/a negro/ evidenciando sua biografia, bibliografia, temáticas recorrentes, escrita literária, intertextualidades, traços afro-brasileiros de suas obras, a fim de envolver toda a comunidade escolar promovendo mais conhecimento sobre a literatura negra brasileira.

12. Elaborar um roteiro e convidar familiares, pessoas da comunidade, especialistas e praticantes de manifestações artísticas e culturais afro-brasileiras para entrevistas.

Algumas sugestões de livros para composição de acervo de literatura antirracista para as infâncias:

A dança de Ayó, por Clarice Campos e Fernanda Rodrigues. Rio de Janeiro: Pingo de Luz, 2025.

Amores de artistas, por Sonia Rosa e Marilia Pirillo. São Paulo: Semente Editorial, 2022.

Amoras, por Emicida e Aldo Fabrini. São Paulo: Companhia das Letrinhas, 2018.

Antonieta, por Eliane Debus e Letícia Rosa. Tubarão: Copiart, 2020.

As tranças de Bintou, por Sylviane A. Diouf e Shane W. Evans. São Paulo: Cosac Naify, 2004.

Betina, por Nilma Lino Gomes e Mauricio Negro. Belo Horizonte: Mazza, 2009.

Bruna e a Galinha D'Angola, por Gercilga de Almeida e Marilda Castanha. Rio de Janeiro: Pallas, 2011.

Caderno de rimas do João, por Lázaro Ramos e Mauricio Negro. Rio de Janeiro: Pallas, 2016.

Ciranda das meninas, por Madu Costa e Carol Fernandes. Belo Horizonte: Crivinho, 2025.

Da minha janela, por Otávio Júnior e Vanina Starkoff. São Paulo: Companhia das Letrinhas, 2019.

Dudu Calunga, por Joel Rufino dos Santos e Fernando Vilela. São Paulo: Ática, 1986.

Estrelas, por Júlio Emílio Braz e Marilda Castanha. Rio de Janeiro: Oficina Raquel, 2021.

Fevereiro, escrito e ilustrado por Carol Fernandes. São Paulo: Editora Caixote, 2023.

Filhotes, por Georgina Martins e Camila Carrossine. Rio de Janeiro, Pingo de Luz, 2025

Gosto de África – histórias de lá e daqui, por Joel Rufino dos Santos e Fernando Vilela. São Paulo: Global, 2001.

Histórias da Preta, por Heloisa Pires Lima e Ana Maria Moura. São Paulo: Companhia das Letrinhas, 1998.

Ifá, o Adivinho, por Reginaldo Prandi e Pedro Rafael. São Paulo: Companhia das Letrinhas, 2002.

Kakopi, Kakopi!: Brincando e jogando com as crianças de vinte países africanos, por Rogério Andrade Barbosa e Graça Lima. São Paulo: Editora Melhoramentos, 2019.

Kofi e o menino de fogo, por Nei Lopes e Rui de Oliveira. Rio de Janeiro: Pallas, 2008.

Lia lia, por Cintia Barreto e Camilo Martins. Divino de São Lourenço: Semente Editorial, 2020.

Lia na biblioteca, por Cintia Barreto e Camilo Martins. Rio de Janeiro: Pingo de Luz, 2023.

Meu Crespo é de rainha, por bell hooks e Chris Raschka. São Paulo: Boitatá Editora, 2018.

Meu nome é Raquel Trindade, mas pode me chamar de Rainha Kambinda, por Sonia Rosa e Bárbara Quintino. São Paulo: Pequena Zahar, 2023.

O menino Nito, por Sonia Rosa e Victor Tavares. Rio de Janeiro: Pallas, 2006.

O rei que assobiava, por Heloisa Pires Lima e Flávia Carvalho. São Paulo: Editora Passarinho, 2021.

O pequeno príncipe preto para pequenos, por Rodrigo França e Marcelo Pimentel. Rio de Janeiro: Nova Fronteira, 2021.

O Mundo no Black Power de Tayó, por Kiusam Oliveira e Taisa Borges. Rio de Janeiro: Petrópolis, 2013.

Omo-Oba: histórias de princesas, por Kiusam Oliveira e Josias Marinho. Belo Horizonte: Mazza, 2009.

Os dengos na moringa de voinha, por Ana Fátima e Fernanda Rodrigues. São Paulo: Brinque-Book, 2023.

Os mil cabelos de Ritinha, por Paloma Monteiro e Daniel Gnattali. Divino de São Lourenço: Semente Editorial, 2013.

Os nove pentes d'África, por Cidinha da Silva e Iléa Ferraz. Belo Horizonte: Mazza, 2009.

Pretinha, eu? por Júlio Emílio Braz. Rio de Janeiro: Edições do Ogro, 2018.

Sona: contos africanos desenhados na areia, por Rogério Andrade Barbosa e Thais Linhares. São Paulo: Editora do Brasil, 2020.

Zumbi, por Joel Rufino dos Santos e Eduardo Azevedo. São Paulo: Ática, 1985.

SOBRE A AUTORIA

Não há saber mais ou saber menos:
há saberes diferentes.

(Paulo Freire)

Clarice Campos – Doutoranda em Teoria da Literatura e Literatura Comparada pela Universidade do Estado do Rio de Janeiro; mestra em Memória e Acervos pela Fundação Casa de Rui Barbosa; especialista em Filosofia pela Universidade Gama Filho, em Literatura Infantil e Juvenil e em Literatura Brasileira de Autoria Feminina pela Universidade Cândido Mendes. Professora aposentada da rede municipal do Rio de Janeiro, onde atuou como diretora de escola, coordenadora pedagógica, professora de sala de leitura e de língua portuguesa. Atualmente, é docente na Pós-Graduação em Literatura Brasileira de Autoria Feminina e em Literatura Infantil e Juvenil, e pesquisadora de narrativas de escritoras negras brasileiras.

@claricecampos.oficial

Eliane debus – Doutora em Linguística e Letras pela Pontifícia Universidade Católica do Rio Grande do Sul; mestre em Literatura pela Universidade Federal de Santa Catarina. Atualmente, é professora da Universidade Federal de Santa Catarina, atuando no Departamento de Metodologia de Ensino e no Programa de Pós-Graduação em Educação. É líder do Grupo de pesquisa em literatura infantil e juvenil e práticas de mediação literária – Literalise – CNPq/UFSC. Escritora e pesquisadora de literatura infantil e juvenil, com vários livros e artigos publicados em revistas nacionais e internacionais.

@debuseliane

Heloisa Pires Lima – Doutora em Antropologia Social. Atua no circuito editorial desde 1995, tendo coordenado a coleção Orgulho da Raça (Memórias Futuras, 1995), criado e editado o Selo Negro Edições – Summus Editorial (1998-

2002). Foi consultora do programa Livros Animados do Canal Futura (2003-2006), e jurada do Prêmio Jabuti (2022). Atualmente, é Conselheira da Casa Sueli Carneiro, onde está na curadoria do Rodas Literárias. Recentemente, ministrou cursos relacionados à área editorial na A Casa Tombada, onde é professora convidada para a pós-graduação intitulada: O livro para a infância. Autora de inúmeros títulos.
@pireslimaheloisa

Júlio Emílio Braz – Autor de livros infantis e juvenis há mais de quarenta anos, tendo quase duzentos livros publicados. Tornou-se escritor por acaso: desempregado, foi parar na antiga editora Vecchi, onde se tornou roteirista das publicações de terror. A estreia na literatura infantojuvenil se deu com o livro *Saguairu*, publicado pela Atual Editora em 1988, se tornando ganhador do Prêmio Jabuti como autor revelação em 1989. Em 1997, a tradução para o alemão de seu livro *Crianças na escuridão* ganhou prêmios na Alemanha, Áustria e Suíça.
@je.brazoficial

Kiusam Oliveira – Doutora em Educação e mestra em Psicologia pela Universidade de São Paulo; pedagoga habilitada em Educação Especial, Orientação Educacional e Administração Escolar. Ativista do Movimento Negro Unificado (MNU). Especialista na formação de profissionais da educação focada na educação antirracista e implementação da Lei nº 10.639/03. Multiartista, escritora, narradora de histórias, coreógrafa, mestra em cultura popular (danças afro-brasileiras). Criadora da Corte dos Orixás do Bloco Afro Ilú Obá de Min, na década de 2000.
@mskiusam

Rogério de Andrade Barbosa – Escritor, palestrante, contador de histórias, professor e ex-voluntário das Nações Unidas na Guiné-Bissau. Graduado em Letras pela Universidade Federal Fluminense e pós-graduado em Literatura Infantil Brasileira pela Universidade Federal do Rio de Janeiro. Trabalha na área de literaturas africanas e afro-brasileira e programas de incentivo à leitura, proferindo palestras e dinamizando oficinas. Tem mais de 100 livros publicados, alguns traduzidos para o inglês, espanhol e alemão. Participou, como autor, palestrante e contador de histórias, de eventos literários e feiras do livro na Alemanha, Cuba, Itália, México, Peru, República Dominicana, Angola, Moçambique, Cabo Verde, São Tomé e Príncipe, Etiópia, Portugal, Gana e Suécia; e como palestrante dos Congressos do IBBY (International Board on Books for Young People) na Colômbia (2000), Suíça (2002), África do Sul (2004), China (2006), Dinamarca (2008) e do IBBY África (2019).

@rogerioandradebarbosa

Sonia Rosa – Mestre em Relações Étnico-Raciais pelo Cefet/RJ, pedagoga, escritora de literatura negro-afetiva para crianças e jovens e consultora de letramento racial em escolas do Brasil. Carioca, escreve poesia desde os 13 anos, mas se encantou pelas histórias com sua mãe, uma baiana que adorava contá-las. Tem mais de 60 livros publicados, todos com protagonismo negro, sendo que alguns foram editados também fora do Brasil (França, Canadá, Espanha, EUA). Tem, ainda, treze bibliotecas batizadas com seu nome em escolas do Rio de Janeiro.

@escritorasoniarosa

REFERÊNCIAS

ALVARENGA, Teresinha. *Tô pedindo trabalho*. Belo Horizonte: Miguilim, 1980.

ANDRADE, Inaldete Pinheiro. *Cinco cantigas para você contar*. Olinda: Centro de Cultura Luiz Freire, 1989.

ARAÚJO, Débora Cristina. *Literatura infanto-juvenil e política educacional: estratégias de racialização do Programa Nacional de Biblioteca da Escola (PNBE)*. Tese (Doutorado em Educação) – Universidade Federal do Paraná, Programa de Pós-Graduação em Educação, Curitiba, 2015.

ARAUJO, Henry Correa de. *Pivete*. Rio de Janeiro: Comunicação, 1977.

ARAUJO, Laís Corrêa de. *Maria e companhia*. Rio de Janeiro: Ebal, 1983.

ARAUJO, Maria Lysia Correa de. *O círculo*. Belo Horizonte: Lê, 1985.

ARTUR, Margareth. Qual o papel dos personagens negros nas histórias em quadrinhos? *Revista 9ª Arte*, São Paulo, 2019. Disponível em: https://jornal.usp.br/?p=330966. Acesso em: 26 out. 2021.

BALDWIN, James. Uma carta de um lugar de minha mente. *The New Yorker*, Nova York, nov, 1962. (Carta publicada originalmente na edição expressa da revista).

BARRETO, Cintia. "Práticas literárias". In GOMES, Alexandre de Castro Gomes e BARRETO, Cintia (Orgs.). *Literatura infantil e juvenil: aprendizagem e criação*. Divino de São Lourenço: Semente Editorial, 2021.

BERNARDES, Tatiana Valentin Mina. *A literatura de temática da cultura africana e afro-brasileira nos acervos do Programa Nacional Biblioteca da Escola (PNBE) para educação infantil*. Dissertação (Mestrado em Educação) – Universidade Federal de Santa Catarina, Centro de Ciências da Educação, Programa de Pós-Graduação em Educação, Florianópolis, 2018.

BERND, Zila. *Introdução à literatura negra*. São Paulo: Brasiliense, 1988.

BENTO, Cida. *O pacto da branquitude*. São Paulo: Companhia das Letras, 2022.

BOAS, Marion Villas. *Quibungo*. Rio de Janeiro: Rovelle, 2010.

BORGES, Rogério. *O negrinho Ganga-Zumba*. São Paulo: Editora do Brasil, 1988.

BRASIL, Assis. *Pequeno pássaro com frio*. São Paulo: Editora do Brasil, 1988.

BRASIL. Constituição (1988). Constituição da República Federativa do Brasil. São Paulo: Saraiva, 2004a.

______. Lei nº 10.639, de 9 de janeiro de 2003. Altera a Lei nº 9.394, de 20 de dezembro de 1996, para incluir no currículo oficial da rede de ensino a obrigatoriedade da temática "História e Cultura Afro-Brasileira", e dá outras providências. *Diário Oficial da União*: seção 1, Brasília, DF, 10 jan. 2003.

______. Conselho Nacional de Educação. Resolução nº 1, de 17 de junho de 2004. Estabelece Diretrizes Curriculares Nacionais para a Educação das Relações Étnico-Raciais e para o Ensino de História e Cultura Afro-Brasileira e Africana. *Diário Oficial da União*, Brasília, DF, 22 jun. 2004. Disponível em: http://portal.mec.gov.br/cne/arquivos/pdf/res012004.pdf. Acesso em: 20 jul. 2024.

______. Conselho Nacional de Educação. Parecer CNE/CP nº 3, de 10 de março de 2004. Brasília, DF, 2004b. Disponível em: http://portal.mec.gov.br/dmdocuments/cnecp_003.pdf (acesso em: 20 jul. 2024).

______. Ministério da Educação. Plano Nacional de Implementação das Diretrizes Curriculares Nacionais para a Educação das Relações Étnico-Raciais e para o Ensino de História e Cultura Afro-Brasileira e Africana. Brasília, DF: MEC/SECAD, 2009.

BRAZ, Júlio Emílio. *Crianças na escuridão*. São Paulo: Moderna, 2021.

______. *Pretinha, eu?* Rio de Janeiro: Edições do Ogro, 2018.

______. *Zumbi, o despertar da liberdade*. São Paulo: FTD, 1999.

BROOSHAW, David. *Raça e cor na literatura brasileira*. Porto Alegre: Mercado Aberto, 1983.

CAMPOS, Clarice Maria Silva. *Carolina Maria de Jesus: a preservação da memória e o impacto na contemporaneidade da literatura produzida pela mulher negra brasileira*. Dissertação (Mestrado Profissional em Memória e Acervos) – Fundação Casa de Rui Barbosa, Rio de Janeiro, 2022. Disponível em: https://rubi.casaruibarbosa.gov.br/handle/20.500.11997/18113 (acesso em: 20 jul. 2024).

CAPELÃO, Maria Arminda. *Neco, o sonhador*. São Paulo: Paulinas, 1987.

CAVALCANTI, Maria Clara. *Quibungo*. Rio de Janeiro: Escrita Fina, 2020.

CHINEN, Nobu. *O negro nos quadrinhos do Brasil*. São Paulo: Peirópolis, 2019.

COELHO, Ronaldo Simões; AGOSTINHO, Cristina. *Rapunzel e o Quibungo*. Belo Horizonte: Mazza, 2012.

CORRÊA, Viriato. *Cazuza*. São Paulo: Companhia Editora Nacional, 1938.

CUNHA JR., Henrique. "Me chamaram de macaco e eu nunca mais fui à escola". Texto apresentado na disciplina de Pós-graduação em Educação, Etnia e Gênero na perspectiva dos Afrodescendentes – Universidade Federal do Ceará, Fortaleza, 1999.

CUTI, Luiz Silva. *Literatura negro-brasileira*. São Paulo: Selo Negro, 2010.

DEBUS, Eliane. *Literatura e afrodescendência no Brasil: antologia crítica*. Vol 4. Belo Horizonte: UFMG, 2014.

______________. *A temática da cultura africana e afrobrasileira na literatura para crianças e jovens*. Florianópolis: NUP, 2017.

______________. *A temática da cultura africana e afrobrasileira na literatura para crianças e jovens*. São Paulo: Cortez, 2021.

______________. *A representação do negro na literatura para crianças e jovens: negação ou construção de uma identidade?* In: CONGRESSO INTERNACIONAL CRIANÇA, LÍNGUA, IMAGINÁRIO E TEXTO LITERÁRIO, 2., 2006, Braga. *Anais*... Vila Nova de Gaia: Gailivro, 2007.

______________. *As histórias de lá para leitores daqui: os (re)contos africanos para crianças pelas mãos de escritores brasileiros*. Relatório PUIP. Tubarão, SC: Unisul, 2008.

______________. SANTOS, Zâmbia Osório dos; BERNARDES, Tatiana Valentin Mina. *Para dar a conhecer as literaturas africanas de língua portuguesa para infância publicadas no Brasil: resenhas*. Florianópolis: Cruz e Sousa, 2022.

DEMARQUET, Sonia. *Em busca da liberdade*. São Paulo: Vigília, 1986.

FANON, Frantz. *Pele negra, máscaras brancas*. Salvador: EdUFBA, 2008.

FILHO, José Resende; BRASIL, Assis. *Tonico e Carniça*. São Paulo: Ática, 1983.

FREYRE, Gilberto. *Casa Grande e senzala*. Rio de Janeiro: José Olympio, 1980.

FOUCAULT, Michel. *Vigiar e punir: história da violência nas prisões*. Petrópolis: Vozes, 1987.

GALDINO, Luiz. *Saruê, Zambi!* São Paulo: FTD, 1985.

GOMES, Nilma Lino. Alguns termos e conceitos presentes no debate sobre relações raciais no Brasil: uma breve discussão. In: BRASIL. *Educação anti-racista: caminhos abertos pela Lei federal nº 10.639/03*. Brasília: MEC; Secretaria de Educação Continuada, Alfabetização e Diversidade, 2005.

____________. (org.). *Práticas pedagógicas de trabalho com relações étnico-raciais na escola na perspectiva da Lei nº 10.639/03*. Brasília: MEC, Unesco, 2012.

GONZALEZ, Lélia. *Por um Feminismo Afro-Latino-Americano: Ensaios, Intervenções e Diálogos* (Org. por Flávia Rios e Márcia Lima). Rio de Janeiro: Zahar, 2020

GONÇALVES, Lurdes. *Apenas João*. Rio de Janeiro: Companhia Editora Nacional, 1984.

GUIMARÃES, Geni. *A cor da ternura*. São Paulo: FTD, 1989.

JESUS, Sonia Regina Rosa de Oliveira Dias de. *A literatura infantil afro-brasileira como letramento racial e fortalecimento das identidades negras: uma narrativa autobiográfica*. Dissertação (Mestrado) — Centro Federal de Educação Tecnológica Celso Suckow da Fonseca (CEFET), Rio de Janeiro, 2019.

JOSÉ, Ganymédes. *Pai-de-todos*. São Paulo: Brasiliense, 1978.

JOSSO, Marie-Chistine. *Experiências de vida e formação*. São Paulo: Cortez, 2004.

JUNIOR, Gonçalo. *A guerra dos gibis – a formação do mercado editorial brasileiro e a censura aos quadrinhos – 1933-1964*, São Paulo: Companhia das Letras, 2004.

JÚNIOR, Otávio. *O garoto da camisa vermelha*. Belo Horizonte: Autêntica, 2013.

KHÉDE, Sonia Salomão. *Personagens da literatura infantil e juvenil*. São Paulo: Ática, 1986.

LEAL, Isa Silveira. *O menino de Palmares*. São Paulo: Brasiliense, 1968.

LESCANO, Jorge. *Os quitutes de Luanda*. Curitiba: Edições Criar, 1983.

LIMA, Heloisa Pires. *O reizinho que assobiava*. São Paulo: Editora Passarinho, 2023.

LOBATO, Monteiro. *Histórias de Tia Nastácia*. São Paulo: Brasiliense, 1964.

____________. *O Saci*. São Paulo: Brasiliense, 1983.

MARIGNY, Carlos do. *Lando das ruas*. São Paulo: Brasiliense, 1977.

MARTINS, Georgina. *Uma maré de desejos*. São Paulo: Ática, 2021.

MBEMBE, Achille. *Necropolítica*. São Paulo: n-1 edições, 2018.

______________. *Crítica da razão negra*. Traduçâo: Sebastião Nascimento. São Paulo: n-1 edições, 2018.

MOORE, Carlos. Prefácio. In: OLIVEIRA, Kiusam. *O mar que banha a Ilha de Goré*. São Paulo: Peirópolis, 2013

MOURA, Clóvis. *Sociologia do negro na literatura brasileira*. São Paulo: Ática, 1988.

MOURA, Márcia Vilela: *João que semeava flor e cantava o amor*. São Paulo: Paulinas, 1988.

MOTA, Simone. *Que cabelo é esse, Bela?* São Paulo: Editora do Brasil, 2018.

MÜLLER, Tânia Mara Pedroso; COELHO, Wilma de Nazaré Baía. A Lei nº 10.639/03 e a formação de professores: trajetória e perspectivas. *Revista da ABPN*, v. 5, n. 11, p. 29–54, jul./out. 2013.

MUNANGA, Kabengele. Nosso racismo é um crime perfeito. [Entrevista concedida à Fundação Perseu Abramo]. São Paulo: Fundação Perseu Abramo, 2010.

MUSSA, Beto. Estereótipos do negro na literatura brasileira. *Cadernos Afro-Asiáticos*, n. 16, Rio de Janeiro, 1989.

NOGUEIRA, Oracy. Preconceito racial de marca e preconceito racial de origem: sugestão de um quadro de referência para a interpretação do material sobre relações raciais no Brasil. *Tempo Social: Revista de Sociologia da USP*, v. 19, n. 1, São Paulo, 2007.

Oliveira, Alaíde Lisboa de. *A bonequinha preta*. Minas Gerais: Lê, 2004.

Oliveira, Kiusam. *O mundo no black power de Tayó*. São Paulo: Peirópolis, 2013.

______________. *Com qual penteado eu vou?* São Paulo: Melhoramentos, 2021.

______________. *Duas de autodeterminação: a construção da identidade de professoras afrodescendentes*, 2001. Dissertação (Mestrado em Psicologia Escolar) – Instituto de Psicologia, Universidade de São Paulo. São Paulo, 2001.

______________. *Tayó em quadrinhos*. São Paulo: Companhia das Letrinhas, 2021.

ORICO, Osvaldo. *Contos da Mãe Preta*. Ilustrações de Luiz Sá. Rio de Janeiro: Biblioteca Infantil d'O Tico-Tico, 1932.

PASSOS, Leandro; PASSOS, Luana. O processo de afirmação da identidade negra em *O black power de Akin*, de Kiusam Oliveira e ilustração de Rodrigo Andrade. Palimpsesto, Rio de Janeiro, v. 20, n. 35, jan./abr. de 2021.

PATATI, Carlos. André LeBlanc: um discreto gigante. *Bigorna.net*, 18 mar. 2011. Disponível em: https://www.bigorna.net/index.php?id=1301872897&secao=osimortais. Acesso em: 26 out. 2021.

PILAR, Olívia. Representação e representatividade: entenda a diferença. *Afroliterária*, São Paulo, 2020.

PINHEIRO, Bárbara Carine Soares. *Como ser um educador antirracista: para familiares e professores*. Rio de Janeiro: Planeta, 2023.

PINSKY, Norma. *Nó na garganta*. São Paulo: Brasiliense, 1979.

POLLICE, Ercília. *Joaquim, Zuluquim Zulu*. Belo Horizonte: Salesiana Dom Bosco, 1983.

RAMOS, Arthur. *O folclore negro no Brasil*. Rio de Janeiro: Civilização Brasileira, 1935.

RANDO, Silvana. *Peppa*. São Paulo: Brinque Book, 2009.

REGO, José Lins. *Menino de Engenho*. Rio de Janeiro: José Olympio, 1932.

RIBEIRO, Nina. *Os africanos no Brasil*. Rio de Janeiro: Companhia Nacional, 1932.

RODRIGUES, Leonardo. *Quadrinistas negros no Brasil: resistência e memória pelo multiplicar de histórias*. Itaú Cultural, 26 out. 2021. Disponível em: https://www.itaucultural.org.br. Acesso em: 26 out. 2021.

ROSA, Sonia: *Os tesouros de Manifa*. São Paulo: Brinque-Book, 2009.

___________. *O menino Nito*. Rio de Janeiro: Memórias Futuras, 1995.

___________. *O menino Nito*. Rio de Janeiro: Pallas, 2002.

___________. *Zum Zum Zumbiiiiiii*. Rio de Janeiro: Pallas, 2021.

SALDANHA, Paula. *O Praça Quinze*. Rio de Janeiro: José Olympio, 1981.

SANTOS, Joel Rufino dos. *Zumbi*. São Paulo: Moderna, 1985.

SANTOS, Sales Augusto dos. A Lei nº 10.639/03 como fruto da luta antirracista do Movimento Negro. In: BRASIL. Educação antirracista: caminhos abertos pela Lei Federal nº 10.639/03. Brasília: Ministério da Educação, Secretaria de Educação Continuada, Alfabetização e

Diversidade, 2005. p. 21-37. Disponível em: http://unesdoc.unesco.org/images/0014/001432/143283por.pdf. Acesso em: 06 jul. 2024.

SANTOS, Suelen Katerine Andrade. *Tudo colorido*. Blumenau: Todolivro, 2015.

SCHUCMAN, Lia Vainer. *Entre o encardido, o branco e o branquíssimo: branquitude, hierarquia e poder na cidade de São Paulo*. São Paulo: Veneta, 2020.

SOARES, Magda. *Letramento: um tema em três gêneros (3ª edição)*. Belo Horizonte: Autêntica, 2009.

SOUZA, Fernanda Costa e. *A literatura afro-brasileira para a infância: de mulheres para meninas*. Dissertação (Mestrado em Educação) – Universidade Federal de Santa Catarina, Centro de Ciências da Educação, Florianópolis, 2022.

SOUZA, Neusa Santos. *Tornar-se negro: as vicissitudes da identidade do negro brasileiro em ascensão social*. São Paulo: Graal, 1983.

TORERO, José Roberto; PIMENTA, Marcus Aurelius. *Abecê da liberdade: a história de Luiz Gama, o menino que quebrou correntes com palavras*. São Paulo: Companhia das Letrinhas, 2020.

VERGUEIRO, Waldomiro e DOS SANTOS, Roberto Elísio. *A história em quadrinhos no Brasil*. São Paulo: Laços, 2011.

VERISSIMO, Erico. *Aventuras do avião vermelho*. Porto Alegre: Livraria do Globo, 1936.

Sites

BASTOS, Deh; BATISTA, Paula. *Representação e representatividade: entenda a diferença*. Disponível em: https://afroliteraria.com.br/representacao-e-representatividade-entenda-a-diferenca/ (acesso em: 17 out. 2021).

BRASIL. Lei nº 10.639, de 9 de janeiro de 2003. Brasília, 2008. Disponível em: http://www.planalto.gov.br/ccivil_03/leis/2003/L10.639.htm (acesso em: 17 out. 2021).

IBGE – Instituto Brasileiro de Geografia e Estatística. Censo 2022. Disponível em: https://educa.ibge.gov.br/jovens/conheca-o-brasil/populacao/18319-cor-ou-raca.html/18319-cor-ou-raca.html (acesso em: 17 out. 2021).

MUNANGA, Kabengele. *Uma abordagem conceitual das questões de raça, racismo, identidade e etnia*. In: III SEMINÁRIO NACIONAL

DAS RELAÇÕES RACIAIS E EDUCAÇÃO, Rio de Janeiro, 5 nov. 2003. Disponível em: https://www.geledes.org.br/wp-content/uploads/2014/04/Uma-abordagem-conceitual-das-nocoes-de-raca-racismo-dentidade-e-etnia.pdf (acesso em: 17 out. 2021).

OLIVEIRA, Kiusam. *Pedagogia da ancestralidade*. Disponível em: https://www.sescsp.org.br/online/artigo/13431_PEDAGOGIA+DA+ANCESTRALIDADE (acesso em: 17 out. 2021).

______________. *No Brasil, ensina-se a ser racista, aprende-se a ser racista*. [Entrevista/fala]. Disponível em: https://revistaursula.com.br/filosofia/kiusam-de-oliveira-no-brasil-ensina-se-a-ser-racista-aprende-se-a-ser-racista/ (acesso em: 17 out. 2021).

______________. Entrevista com Kiusam Oliveira. Disponível em: https://lunetas.com.br/entrevista-kiusam-de-oliveira/ (acesso em: 17 out. 2021).

______________. *O racismo e a arapuca social*. Disponível em: https://www.blogdaletrinhas.com.br/conteudos/visualizar/O-racismo-e-a-arapuca-social (acesso em: 17 out. 2021).

______________. *Infâncias e barbárie*. Disponível em: https://www.blogdaletrinhas.com.br/conteudos/visualizar/Infancias-e-barbarie. (acesso em: 17 out. 2021).

______________. *A invisibilização da criança negra*. Disponível em: https://www.blogdaletrinhas.com.br/conteudos/visualizar/A-invisibilizacao-da-crianca-negra (acesso em: 17 out. 2021).

ROSA, Sonia. *A literatura negro-afetiva para crianças e jovens*. Portal Geledés - Instituto da Mulher Negra, São Paulo, set. 2021. Disponível em: https://www.geledes.org.br/literatura-negro-afetiva-para-criancas-e-jovens/ (acesso em: 17 out. 2021).

Este livro ganhou forma em setembro de 2025, sob os cuidados da Semente Editorial (1ª edição: 1ª impressão). Foi composto com as tipografias Candara e Chelsea Market, e impresso pela Gráfica Coan (Tubarão/SC), em papéis Avena 80 g/m² e Kraft 240 g/m², provenientes de manejo florestal sustentável.

FSC
www.fsc.org
MISTO
Papel proveniente de fontes responsáveis
FSC® C095238

Edição e publicação de livros que venham contribuir para o bem-estar, alegria e crescimento de todos os seres – humanos e não humanos.

www.sementeeditorial.com.br
@sementeeditorial